Gratiana

Emma Vely

> „Auf die Berge will ich steigen,
> Wo die dunkeln Tannen ragen.
> Bäche rauschen, Vögel singen
> Und die stolzen Wolken jagen."
> *Heine*

Der schwerfällige Postwagen hielt mit einem ächzenden Ruck vor dem Wirthshause zum „Weißen Roß" still; der Postillon hatte noch nicht einen Fuß auf die Erde gesetzt, als schon sämmtliche Passagiere drunten standen. Vier frische Jünglingsgestalten wandten sich schnell der Wirthshausthür zu; ein Herr, ganz in Grau gekleidet, blieb zweifelnd stehen und blickte zu den Bergen empor und die lange, theilweise nur an einer Seite mit Häusern besetzte Straße entlang. Der Wirth hatte dem „Schwager" schon auf der Thürschwelle ein Gläschen Branntwein credenzt. „'S ist ein frischer Morgen, und auf den Bergen findet Ihr noch Nebel," sagte er.

„Das will ich meinen; es wird schon Herbst," nickte der Andere, ehe er das Glas ansetzte und dessen Inhalt auf einmal hinuntergoß.

Der Wirth zeigte mit dem Daumen über die Schulter:

„Akademiker, hm?"

„Ja, so etwas! Lustige Burschen; haben den ganzen Weg her gesungen."

„Wird dem da nicht angenehm gewesen sein," lachte der Besitzer des „Weißen Rosses" und zeigte auf den Grauen, „der sieht ja mit einem Gesichte drein, wie zehn Tage Regenwetter."

„Schwager!" rief es von drinnen, „ein Glas Bier!"

„Lustige Burschen!" wiederholte der Gerufene und verschwand schmunzelnd.

Der Wirth blickte nach eine Weile wie musternd auf den Fremden nieder, dann stieg er würdevoll die drei Stufen herab und trat neben ihn.

„Belieben der Herr nicht eine kleine Stärkung?" fragte er, seine Mütze ziehend.

„Nein!"

„Der Herr wundert sich, wie alle Fremden, über unser langes Dorf – nicht wahr? Ja, das sieht aus,als ob es gar kein Ende nehmen wollte."

„Es heißt?" fragte der Graue.

„Lerrbach, mein Herr; es ist der Ort, von welchem man gefaselt, daß alle Leute daselbst einen Kropf hätten. Aber wenn Sie sich überzeugen wollen, so sehen Sie nur –"

Ein Lächeln flog über das Gesicht des Fremden.

„Mich an –, wollen Sie sagen, Herr Wirth!"

„Ich bin ein geborener Lerrbacher," entgegnete er, als habe der Andere ihm eine Schmeichelei gesagt. „Aber ich bin auch schon in der Welt herumgekommen; ich war in Braunschweig in meinen jungen Jahren. – Der Herr will nach Clausthal?"

„Ja, und ich möchte am liebsten zu Fuße von hier gehen!"

„Das können der Herr. Sie brauchen nur auf der Landstraße hin zu gehen; kommen schneller, als mit dem Wagen. Es giebt zwar noch Richtwege, aber die findet der Herr nicht, und es ist auch zu feucht; also immer der Straße nach. Und beim Weghause die Aussicht beachten; wenn's klar ist bis dahin, sehen Sie auch den Brocken."

„Ich danke," sagte der Graue und lüftete seinen Hut.

„Bitte – und wenn Sie zurückkommen, kehren Sie vielleicht im ‚Weißen Roß' ein."

„Ich will mich seiner erinnern; es hat ein vortreffliches Schild. Guten Morgen!"

„Sonderbar!" murmelte der behäbige Wirth und schaute dem Davonschreitenden nach. „Sonderbarer Passagier, Andres," wiederholte er, als der Postillon heraustrat, „Ihr seid ihn jetzt los."

Andres klappte mit der Peitsche. „Wird denen drinnen noch lieber sein als mir. Aber jetzt wird's Zeit; ich muß zehn Minuten einholen, die wir hier zu lange gehalten, und das ist schwer bei dem immerwährenden Bergauffahren. Bis zum Nachmittag, Adjes!"

Die flinken, lustigen Passagiere nahmen ihre Plätze ein. Andres stieß in's Horn, das einen ohrenzerreißenden Mißton gab, und schwerfällig setzte sich der Wagen wieder in Bewegung.

Der Fußgänger war auf der sich schlangengleich um den Berg windenden Landstraße schon weit voran. Bei jeder Biegung erschien das lang hingestreckte Dorf wieder; zur rechten erhob sich eine steile Bergwand, dicht mit dunklen Fichten besetzt; links am Abhange hinunter stand noch Laubholz. Je höher der Wanderer stieg, desto mehr schwand jedoch das frische, freundliche Grün der Buchen; bald dehnten sich zu beiden Seiten die ernsten Tannenwälder aus und verliehen der Landschaft einen strengen Charakter. Er schritt jetzt durch den sinkenden Nebel, der an den Bäumen sich zertheilte, wunderliche Gestalten bildend. Nichts rührte sich; kein Vogel flatterte auf; kein Gethier huschte über den Weg; ein seltsames Gefühl überkam ihn. Er blieb stehen und stützte sich auf seinen Stock. Seine dunkelblonden, etwas krausen Haare hingen feucht an den Schläfen herunter; er strich sie zurück, fuhr darauf mit dem Tuche über den Vollbart, wischte über die braunen Augen und stieß dann plötzlich einen erleichternden Seufzer aus.

„In der Freiheit also!" sagte er mit wohlklingender Stimme und seine Augen leuchteten dabei auf; „es ist mir, als bliebe aller Zwang dort zurück in der Tiefe, als habe ich alle Sorgen abgeschüttelt. Eine neue Welt, in die ich trete, frisch und fröhlich, unbesorgt, wie der wandernde Bursche, der keine Ahnung hat, unter welches gastliche Dach er zur Nacht sein Haupt betten wird."

Ein heller Schein brach durch die Nebelschicht. „Guten Morgen, Frau Sonne! Heißest Du mich hier auf der Berghöhe willkommen?" lachte er und schwenkte seinen Hut. „Ah, das thut wohl. Nun wollen wir den Vater Brocken suchen, wenn er anders nicht so tückisch ist, noch in der Neppelkappe zu stecken. Dort oben bei der Lichtung muß der Aussichtspunkt sein, von dem das ,Weiße Roß' geredet."

Er erstieg vollends die Höhe, schritt an dem Weghause vorüber und blickte forschend um sich. Aber nichts zeigte sich seinen Blicken nach der Tiefe zu, als die wallenden und fallenden Nebel.

„Schon recht," sprach er wieder halblaut vor sich hin; „zurück, was grau und düster ist! Ich will denken, daß ich hellen Tagen, ruhigen Stunden hier auf der Berghöhe entgegen gehe."

„Glück auf!" klang es neben ihm, und zur Seite schauend, gewahrte er eine schlanke weibliche Gestalt.

Dieser unvermuthete Gruß war ihm in dem Augenblicke wie eine Verheißung für seine eben lautgewordenen Wünsche.

„Glück?" sagte er, ohne den Gruß, wie es üblich, zu wiederholen, „sage mir, Kind, werde ich das Glück noch jemals finden?"

Zwei tiefblaue Augen sahen ihn so groß und staunend an, daß er fast verwirrt eine Secunde seine Blicke senkte; dann setzte er, sich erinnernd, daß seine Frage etwas seltsam geklungen haben mochte, wie erläuternd hinzu:

„Ich bin fremd und suche von hier den Brocken zu entdecken."

„Der steckt im Nebel," erwiderte das Mädchen und deutete mit ausgestreckter Hand nach der Richtung, in welcher der höchste Berg des Harzes liegt.

Der Fremde musterte im Fluge ihre Erscheinung; dieselbe hatte etwas Eigenartiges, das ihn interressirte. Unter dem dreieckigen schwarzen Kopftuch, das im Nacken geknüpft war, schimmerte nur eine Strähne rabenschwarzen glänzenden Haares hervor; die Gesichtsfarbe des Mädchens war blendend weiß und wurde durch schwarze Augenbrauen und Wimpern gehoben; die feine Nase und die Linien des Mundes deuteten auf Eigensinn und Stolz. Die Gestalt war schlank und geschmeidig.

„Ich kann nicht irren hier auf dem Wege nach Clausthal?" fragte der Graue weiter.

„Nein, wenn Sie der Landstraße nachgehen; überdies finden Sie Wegweiser und dort" – sie zeigte rückwärts – „kommt die Post; der brauchen Sie nur zu folgen."

Eben bog der schwere Wagen um die Ecke; zwei Köpfe schauten aus dem Fenster, fuhren zurück, und dann erschienen die vier lachenden Gesichter der Insassen und blickten belustigt auf den ehemaligen Reisegefährten hinunter. Jetzt gewahrten sie auch das Mädchen, und sich noch weiter hinausbiegend, warfen sie demselben unter Scherzreden unzählige Kußhände zu.

„Uebermuth – -!" begann der Graue und stockte dann, als er sah, daß dunkle Gluth in die Wangen des Mädchens stieg und daß sie sich mit einer Miene der Verachtung umdrehte, ihr Tuch fester um das Gesicht zog und sich auf's Neue zum Gehen anschickte.

„Sind Sie erzürnt über die jungen Burschen?"

„Nein."

„Sie wollen nach der Stadt zurück, vermuthe ich; darf ich den Weg mit Ihnen machen?"

„Ich bin gewohnt allein zu gehen." Damit hatte sie sich blitzschnell gedreht und war in der Waldung zur Linken verschwunden. Der Fremde starrte auf die hinter ihr zusammenschlagenden Fichtenzweige, kniff die Lippen fest zusammen, lachte dann und sagte im Weitergehen:

„Das erste Abenteuer! Ein hübsches Mädchen übrigens; ich bin doch neugierig, ob sie den Durchschnitt der hiesigen Schönen darstellt – das spräche für den Menschenschlag. Eigensinn und Eigenwille gehört mit zu den Charakterzügen des Harzers, das ist bekannt. Sie sollen Köpfe haben, so hart wie das Erz ihrer Berge c nun, das war ja eben eine kleine Probe. Wie gut sie dieser Stolz kleidete und wie sie kurz angebunden war … haha," unterbrach er sich dann selber, „Heine und Goethe wirbeln mir angesichts des Brockens im Kopfe herum – ganz natürlich! Dort sind die ersten Häuser; soll mich wundern, welche von den ‚frommen Hütten' mir ein Obdach gewähren wird!"

Aber er hatte sich getäuscht; er mußte, obwohl er das Bergstädtchen da auf der kahlen Hochebene mit seiner nur mäßighohen, kupfergedeckten Kirche fast greifbar vor sich liegen sah, noch ziemlich weit gehen, ehe er die ersten Häuser erreicht hatte. Dieselben machten einen düsteren Eindruck; sie waren zum Theil mit Holzschindeln an Dach, Façade und Seitenwänden bekleidet, während andere blauschwarzen Schiefer wie eine Art Schuppenpanzer trugen; sämmtlich niedrig, lagen sie verstreut hier und dort an den bergauf- und bergabführenden Straßen. Erst dem Marktplatze zu, der groß und geräumig sich um die Kirche ausdehnt, gewannen die Straßen etwas mehr an Regelmäßigkeit. Glockengeläute ertönte vom Thurm; es bezeichnete alter Sitte gemäß eine neue Einfahrt der Bergleute in den Schooß der Erde.

Langsam schritt der Ankömmling eine steile Straße hinab, ohne Zweck und Ziel sich dem Zufall überlassend.

„Glück auf! Glück auf!" tönte ihm der Gruß zweier schwarzgekleideter Bergmannsgestalten entgegen, die, von ihrem schweren Tagewerke zurückkehrend, dem heimischen Herde zuschritten.

„Glück auf!" wiederholte er ihren Gruß und sah den bleichen Männern nach, deren feuchte und schmutzige Kleidung von ihrem unterirdischen Aufenthalt redete.

An jedem der kleinen schwarzen Häuser schaute er hinauf, forschend, als suche er altbekannte Gesichter und Gestalten hinter den kleinen blinkenden Fensterscheiben. So kam er hinab bis zum andern Ende des Ortes, wo die Häuser wiederum nur einzeln standen; winzige Gärten schlossen sich an ihre Rückseite. Als er das letzte erreicht hatte, blieb er stehen und lehnte sich gegen einen verkümmerten Walnußbaum. Es war still ringsum, nur aus der Ferne tönte von dem einen Grubenwerke herüber der Klang des gläsernen Glöckchens, dessen unaufhörliches Bimbim anzeigt, daß an dem Gewerke Alles in Ordnung ist.

Vor dem kleinen Hause stand ein lederner Lehnstuhl, weitarmig und weitbeinig, auf dem Fußschemel saß ein weißes Kätzchen und sonnte sich. An den drei Fenstern zu ebener Erde und den vier kleinen im oberen Stock sah man sorglich gepflegte Blumen; das machte einen freundlichen Eindruck neben dem dunklen Schieferblau der Bekleidung.

„Ob das eine Stätte des Friedens ist?" flüsterte der Fremde vor sich hin. „Es ist ein Haus, in welchem Heine's ‚Harzidylle' gespielt haben könnte."

Schlürfende Schritte wurden auf dem Hausflur hörbar; dann schob sich die Thür etwas weiter auf und eine alte, gebückte Frau erschien in derselben. Sie stützte sich eine Secunde gegen den Pfosten und erreichte dann den Lehnstuhl, in welchem sie sich niederließ. Die Katze drängte sich schmeichelnd an ihre Füße, und sie strich ihr liebkosend über de gebogenen Rücken. Dann nestelte sie langsam aus dem seitwärts stehenden Korbe ein grobwollenes Strickzeug schob die Hornbrille auf die Nase und begann eine Stricknadel nach der anderen durch die knöchenen Finger gleiten zu lassen.

Lange Zeit gewahrte sie den Fremden nicht, als aber die Katze nach dem Garn haschte und sie aufsehen mußte, fiel ihr staunender Blick auf die graue Gestalt. Eilig schob sie die großglasige Brille hin und her, als könnte sie sich dadurch über den ungewohnten Zuschauer orientiren. Der Fremde kam ihrer Neugier zu Hülfe, indem er zu ihr herantrat und ihr freundlich „Guten Morgen!" bot.

„Ja, ein guter Morgen," erwiderte sie mit einem Lächeln, das ihre welken Züge wunderlich verjüngt erscheinen ließ, „so ein echter Gottesmorgen, wo man in der Sonne sitzen kann; das thut gut für meinen alten Rücken. Wenn man siebenundsiebenzig Jahre auf der Welt ist, Herr, und noch rüstig blieb und gesund, ob auch die Füße nicht mehr ganz mitwollen, so dankt man Dem dort oben für Alles, was man noch genießen kann. Ihr kennt das nicht; Ihr seid ein Kind gegen mich."

„Es ist schön hier," sagte der Fremde, „so friedlich und weltabgeschieden," und dabei hob er ihr das entfallene Garn auf. Sie hatte für diese Galanterie kein Verständniß, nahm es aus seiner Hand und ließ es in den Korb gleiten, ohne zu danken.

„Friedlich, ja, wenn man Frieden in der eigenen Brust hat – und den habe ich, Herr."

„Ich wollte, Großmutter, denn das seid Ihr gewiß und deshalb darf ich Euch auch so nennen, ich könnte hier bei Euch bleiben und Euch Gesellschaft leisten in solch einsamen Morgenstunden."

Sie fixirte ihn scharf, legte das Strickzeug hin und erwiderte:

„Ja, warum könnte das nicht sein? Ihr nehmt das obere Zimmer, das seit Jahren leer ist – wenn Ihr das wollt."

Er blickte freudig überrascht auf, „Ihr wollt mich als Miethsmann, Großmutter? Topp, sage ich, es gilt."

„Wenn ich's sage, ist's Ernst. Mein Sohn hätte zwar ein Wort mit drein zu reden, aber er thut's nicht; wenn ich etwas gut finde, so ist er's zufrieden. Und für das Kind ist jede Ersparniß ein Segen; die Zeiten sind jetzt schlecht. Wollt Ihr gleich dableiben?"

„So ohne Sack und Pack, Großmutter?" lachte er. „Wie harmlos und gutdenkend man hier noch ist! Ich muß mir mein Hab und Gut selber auf der Post einfordern."

„Thut's," versetzte sie, weiterstrickend, „und seht, dort ist mein Sohn, der Gottlieb."

Ein etwas gebückt gehender Mann kam näher, nahm die kurze Pfeife aus dem Munde, die Mütze vom weißen Haupte und grüßte.

„Wen ich hier habe, Gottlieb, räthst Du nicht – einen Miethsmann für das obere Stübchen neben Deinem. Wir sind eins geworden; es gefällt ihm hier."

Der Ankommende blickte nicht einmal verwundert. „Was Ihr thut, Mutter, ist immer recht. Es ist aber rauh und kalt bei uns, Herr, und einsam für Leute, die aus dem Lande kommen."

„Sage mir nichts gegen den Harz, Gottlieb! Du bist doch ein echter Harzer und hast Deine Heimath lieb."

„Ob ich's bin!" versetzte der Alte; „was mir nur leid thut, ist, daß ich habe Schicht machen müssen. Aber wenn der Sinn auch noch wollte, die Hand zittert schon lange, und der Fuß ist nicht mehr sicher und die Augen, ja, es fehlt an allem, was ein tüchtiger Bergmann braucht."

„Setzt Euch dahin!" sagte die Großmutter, vertraulich ihren neuen Miethsmann am Aermel zupfend, „ich gehe hinein."

„Sie waren Bergmann?" fragte der Graue und ließ sich gehorsam auf dem Sitze der alten Frau nieder.

„Viele Jahre – unsere Vorväter und Väter waren's, und wir kannten das nicht besser und wollten's auch nicht anders haben. Wir sind dazu geboren und von Gott hier auf die Berge gesetzt, um aus ihrer Tiefe das heraufzuholen, was er dort versteckt hat. Es ist, damit der Mensch fleißig sein soll, daß er nicht alles oben auf der Erde findet – es ist weislich eingerichtet."

„Und Eure Söhne werden, was die Eltern waren – ist's nicht so, Freund?"

Ein Seufzer entfloh den Lippen des greisen Mannes, und er schüttelte traurig den Kopf.

„Doch wohl nicht, Herr! Die Zeiten sind anders. Der Bergbau wird zurückgehen. Warum? Nun, das erzähle ich Euch wohl noch ein andermal, wenn ich Euch hinausgeführt habe an die Gruben und Ihr einen Begriff bekommen habt von dem Leben und Treiben der Bergleute. Es hat noch seine Eigenthümlichkeiten bei uns von Alters her, und die sind schön, und wir ehren sie, weil unsere Väter es thaten. Wenn ich einmal die Augen schließe, hinterlasse ich keinen Sohn, der mit meinem Werkzeuge einfährt." Er klopfte seine Pfeife an der Mauer aus und setzte dann noch hinzu: „Aber es thut mir nicht mehr weh, daß er vor mir ging, weil die Welt anders wird."

„Man sagt," fiel der Fremde ein, „daß Ihr Harzer ein ganz besonderes Völkchen seid, bieder und brav, hart und doch stets lustig."

„Ja, ja," schmunzelte der Alte, „man kann uns nichts Schlechtes draußen im Lande nachsagen. Seht, täglich umgeben uns die Gefahren; es steigt Niemand hinab in die Erde, ohne Gott seine Seele zu empfehlen! – denn vielleicht ist's ihm bestimmt, nie mehr das Tageslicht zu erblicken. Ist er aber wieder droben, dann wirft er alle Sorgen hinter sich und ist lustig, und darin liegt auch eine Dankbezeugung gegen Den, welcher ihm das Leben erhielt. Im Lande haben sie uns auch stets gern gehabt, namentlich die Regierung. Nun, das hat sich auch ändern müssen, wie das oft so in der Welt ist. Wir haben von Alters her ein Sprüchwort über die im Lande und die Harzer, das sagt: ‚In dem Land die Ehre winkt, aus dem Harz der Thaler klingt' – aber das wird bald seine Bedeutung verlieren."

„Vater," sagte da plötzlich eine weiche Stimme hinter dem Redenden, „der Ohm zu Buntenbock läßt Euch –" aber dann stockte dieselbe, denn der Alte war zur Seite getreten und gab so den Blick auf seinen Gast frei, und sie standen einander staunend Auge in Auge gegenüber, der Fremde und das schwarzhaarige Mädchen, welches ihm droben aus der Höhe so kurz geantwortet.

„Meine Tochter, Herr, ein gutes Kind!"

Der Fremde zog fast ehrerbietig den Hut; das blauäugige Mädchen nickte dankend; keins von Beiden erwähnte etwas von der früheren Begegnung.

„Wie sieht's dort aus?" fragte der Bergmann.

„Schlecht, Vater, der Ohm will Euch sehen, denn –"

„'S wird bald Schicht mit ihm sein," sagte er halb fragend, halb gewiß. „Ja, ja – will den Weg nicht lange aufschieben; wer weiß, wie viel Zeit ich noch habe."

„Ich gehe zur Großmutter, Vater," sagte das Mädchen und ging.

Des Alten Pfeife dampfte stärker, und er versank in stille Träumerei. Der Fremde störte ihn nicht; die Aufmerksamkeit desselben war sichtlich abgelenkt, und er neigte das Haupt wie in's Innere des Hauses lauschend. Nach einer Weile erhob er sich, „weil er das Grundstück ansehen wolle", und schritt um das Häuschen herum, vergnügt vor sich hinlächelnd.

Hinter dem Hause lag das Gärtchen, hoch gegen den Berg hingestreckt, eine schmale Steintreppe führte aus dem engen Hofraume hinaus, und hatte man die erstiegen, so war man in gleicher Höhe mit dem oberen Stocke des kleinen Bergmannshauses. Herbstgewächse standen dort oben; nur ein ganz winziges Beet war der Anpflanzung von Blumen überlassen; ein Bündel Georginenstauden erhob sich daraus und streckte seine halbverwelkten Blumen stolz empor, und bescheidene Reseda bedeckte den Boden. Zu letzterer hatte sich das schöne Mädchen herabgebeugt, um zu pflücken. Sie vernahm den Schritt des Kommenden nicht, und so blieb ihm Muße, sie ungestört in ihrer graziösen Stellung zu betrachten. Sie hatte das schwarze, unkleidsame Tuch vom Kopfe genommen und zeigte dadurch den Reichthum der glänzend schwarzen Flechten, welche sie wie einen Kranz um das Haupt gelegt trug. Ihr Anzug bestand aus einem dunkelwollenen Kleide der einfachsten Art: eine blaue Leinenschürze schützte dasselbe bei denn häuslichen Geschäften. Die Füße steckten in groben Schuhen, aber bereits aus der Höhe hatte der Fremde bemerkt, daß diese Füße außerordentlich klein waren im Verhältniß zu ihrer hohen, schlanken Gestalt.

„Wird es ein Strauß für die Großmutter?" fragte der neue Miethsmann.

Ohne zu erschrecken, schaute das Mädchen empor, maß ihn ruhig mit den kalten, blauen Augen und erwiderte ebenso:

„Nein."

„Und darf man nicht erfahren, für wen Sie sich Ihrer letzten Lieblinge berauben?"

Eine kleine Falte zeigte sich zwischen den schöngeschwungenen Brauen des Mädchens, aber sie entgegnete doch:

„Für den Besuch, welchen die Großmutter erwartet."

Er lächelte, indem er sagte:

„So soll er zum Willkommen auf dem oberen Zimmer stehen?"

Erstaunt sah sie auf.

„Ja."

„Dann – dann," er dehnte seine Worte seltsam, „ist er für mich."

„Für Sie?"

Er weidete sich eine Secunde lang an ihrer Verwunderung, ehe er hinzusetzte: „Noch heute räumt mir die Großmutter das Stübchen ein – aber womit habe ich das böse Gesicht verdient? Bin ich Ihnen unwillkommen?"

Ein stolzer Zug flog um ihren Mund, und eine herbe Verachtung lag in dem Tone, in welchem sie erwiderte:

„Es ist mir Alles unwillkommen was von draußen aus der Welt kommt in die Abgeschlossenheit unserer Berge und unseres stillen Lebens."

Das war eine wunderliche Sprache aus dem Munde eines Bergmannskindes, ein scharfer Contrast zu der Einfachheit, die sie umgab, und zu der frommen Einfalt der Leute, welche sie ihre Angehörigen nannte.

„Das sind strenge Ansichten – vielleicht auch ungerechte."

Sie schüttelte halb verneinend das Haupt und schien gehen zu wollen, aber wie einige Stunden früher, so stand ihr der Fremde auch jetzt im Wege.

„Wir werden Hausgenossen, und es ist nicht mehr als schicklich, daß Sie und die Ihrigen wissen, wen man unter dem gastlichen Dache aufgenommen – ich bin ein simpler Professor, komme aus B. und nenne mich Ehrenfried Winter."

Wie gleichgültig die Miene war, mit der sie ihm zuhörte! Das Mädchen schien nur auf den Augenblick zu warten, in welchem er ihr den Weg freigab.

In seinem Wesen lag etwas Kampfbereites, das er der stolzen Gleichgültigkeit dieses Kindes der Berge entgegensetzte.

„Sie schulden mir nun die Nennung Ihres Namens! Wie ruft man Sie?"

Mit einer schnellen Bewegung warf sie den dunklen Kopf zurück: „Gratiana!" Dann war sie an ihm vorüber eilends die Steinstufen hinabgeschlüpft und im Hause verschwunden.

Der Professor faßte nach seiner Stirn und rieb sie, als müsse ihm dadurch Klarheit in seine Gedanken kommen. „Gratiana," wiederholte er, blieb noch eine Weile sinnend stehen und blickte auf die duftenden Resedablüthen nieder. Endlich stieg er langsam die Steinstufen hinunter.

Länger als eine Woche beherbergte das letzte Haus des Bergstädtchens den Professor aus B. in seinen bescheidenen Räumen. Er schien sich in dem stillen Winkel so wohl zu befinden, als habe er nie ein anderes Leben gekannt. Seit seiner Ankunft hatte er die Straßen der kleinen Stadt noch nicht wieder durchschritten; er machte lange Spaziergänge hinaus in's Freie, brachte die übrige Zeit bei seinen Büchern und die Abende häufig neben dem Lehnstuhl der alten Großmutter zu. Beim schwachen Scheine des Oellämpchens lauschte er ihrem Geplauder, oft so eifrig, als docire sie ihm wunderbar Neues und Gelehrsames; der Bergmann rauchte dazu behaglich seine Pfeife und streute dann und wann etwas mit ein, einen uralten Vers, Weisheits- und Lebensregeln, oder er erzählte von bösen Wettern und Bergmannsabenteuern. Selten ergänzte das schöne, kalte Mädchen die kleine Tafelrunde – dann hatte sie ein Strickzeug in den flinken Händen, das schnell in denselben wuchs; sie fertigte unzählige buntfarbige Kinderschuhe, wie andere Harzfrauen und Mädchen Strümpfe und Röckchen. Diese Strickindustrie, deren Erlös nicht viel bedeutet, ist über den ganzen Oberharz verbreitet, selbst Frauen, die Berg auf und ab die schwersten Lasten aus dem Rücken schleppen, sieht man nie ohne Strickzeug, das sie während des Gehens fleißig fördern.

Nur einmal hatte der Professor nach der Hausgenossin, die er von den Andern „Janchen" nennen hörte, gefragt und zur Antwort erhalten, daß sie Abends den alten kranken Lehrer und dessen Schwester besuche. Blieb sie daheim, so saß sie still, theilnahmlos seitwärts auf der Holzbank über ihre Arbeit geneigt. Schlug's neun Uhr, die Stunde, wo die Großmutter schlafen ging, dann erhob sie sich geräuschlos, zündete dem neuen Hausbewohner das Talglicht auf dem Messingleuchter, dem Prachtstück des Hauses, an und reichte ihm dasselbe mit einem leisen „Gute Nacht".

Tagsüber huschte sie stets wie ein scheues Reh an ihm vorüber oder entfloh schon von Weitem, sobald sie ihn kommen sah; der Professor hatte seit jenem Gespräch im Garten auch keine Annäherung wieder versucht, er wollte es sich selber nicht gestehen, daß ein ärgerliches Gefühl ihn beschlichen, als er am ersten Abend aus seinem Zimmer den Resedastrauß vergeblich gesucht hatte. Er nannte in seinen Selbstgesprächen – und die hielt er in der Stille seines Zimmers oft – das Bergmannskind ein scheues, unheimliches Geschöpf, was ihn aber doch nicht hinderte, demselben, so oft er es sah, nachzublicken.

Das Wenige, was er an Bedienung beanspruchte, besorgte Vater Gottlieb, der oft vor Verwunderung über die Genügsamkeit des gelehrten Herrn staunte – denn als solchen taxirte er ihn besonders, nachdem er die gewaltigen Bücherkisten gesehen, welche für den Professor Winter angekommen waren.

„Wie wollt Ihr die nur wieder zuaammenbringen," sagte er beinahe ängstlich, „wenn Ihr plötzlich einmal geht?"

„Daran denke ich ja nicht," lachte Ehrenfried, „es gefällt mir bei Euch."

„Aber der Winter kommt, da schneien wir ein und sitzen gefangen monatelang – wie wird Euch das behagen?"

„Ich werde mich doch nicht vor dem Besuch meines Namensvetters fürchten, Vater Gottlieb – seid unbesorgt!"

Und er ordnete seinen Bücherschatz mit einem wahren Wohlbehagen, pfeifend und singend, mit sich selbst redend und Regen, Nebel und Wind, die um das kleine Haus ihr Wesen trieben, völlig dabei vergessend.

Jetzt stand er vor der letzten Kiste, deren Deckel der alte Bergmann gesprengt hatte, und bückte sich nach ihrem sorgsam verpackten Inhalt. Das erste, was seine Hände griffen, war ein vielumhüllter flacher Gegenstand, der ihm selber einen Augenblick wie unbekannt erschien zwischen all den Büchern großen und kleinen Formats, den schweinsledernen Folianten und broschirten Werken. Er riß hastig die Hülle ab und hielt ein Bild in goldglänzendem Rahmen in der Hand, auf das er erbleichend niederschaute. Es war ein blonder Frauenkopf mit großen, brennend-schwarzen Augen, der den Beschauer mit lieblichem Lächeln begrüßte. Ehrenfried Winter's Stirn zog sich jedoch in immer düsterere Falten, je länger er auf das in halber Lebensgröße wiedergegebene schöne Antlitz sah.

„Das hatte ich nicht gewollt," murmelte er, „nun verfolgt sie mich auch hier in meiner glücklichen Einsamkeit, hier, wo ich sie zu vergessen dachte."

Er legte das Bild mit einer beinahe heftigen Bewegung nieder und trat an das kleine Fenster. Wind und Regen draußen; der Wald in der Ferne sah aus wie ein dicker schwarzer Strich, der am nebelgrauen Horizont entlang gezogen war.

„Vergessen –" wiederholte er, „das ist nicht das rechte Wort; warum sollte ich sie vergessen? – ich will mich ihrer erinnern, nur sie zu verachten. Und darum –" er drehte sich schnell um – „soll sie hier in meinem stillen Stübchen einen Platz haben mit ihrem lächelnden, falschen Gesicht, damit ich ihr Abends und Morgens meine Verachtung in dasselbe schleudern kann. Und wenn es Ahnungen giebt, wie meine weise, alte Großmutter dort unten bei ihrer Seligkeit wettet, so –"

Er ging auf den Gypsboden des Vorflurs hinaus, lehnte sich über das Treppengeländer und rief hinab:

„Vater Gottlieb, wollt Ihr mir nochmals Euren Hammer leihen?"

Eine Frauenstimme gab ihm Antwort, daß sein Rufen gehört worden sei, dann trat er in's niedrige Zimmer zurück und durchschritt dasselbe einige Male, als wolle er damit seine Aufregung niederkämpfen. Am Tische fesselte das Bild wieder seine Aufmerksamkeit, sodaß er stehen blieb und es nochmals prüfend anblickte. Er stieß dabei mit dem rechten Arm einen Haufen Bücher, die scharf an der Kante gelegen, hinab; selbst das Poltern schreckte ihn nicht auf, und das Klopfen an der Thür mußte zum dritten Male wiederholt werden, ehe seinen Lippen das „Herein!" entglitt. Leise öffnete sich die kleine Thür, und Janchen trat auf die Schwelle.

„Die Großmutter schickt mich, weil der Vater soeben zu seinem sterbenden Vetter gerufen worden ist," sagte sie mit ihrer vollen Altstimme und schritt näher, um ihm das Gewünschte zu überreichen.

„Gut!" entgegnete er flüchtig, ohne sie anzusehen, ging zum Tische, nahm das Bild, stieg auf das kleine, dünnbeinige Sopha, das man für den Miethsmann erst auf einer Auction erstanden hatte, und prüfte die Stelle an der Wand, in welche er den Nagel schlagen wollte.

Janchen war zu den auf dem Boden liegenden Büchern geeilt, um sie aufzuheben; mitten in ihrer Beschäftigung innehaltend blickte sie dann plötzlich in das eine und las, des Professors Gegenwart vergessend, einige Zeilen darin.

Ueber der Beschäftigung mit dem Bilde beachtete Ehrenfried Winter die ihrige nicht; er hatte dem Portrait jetzt den günstigsten Platz gegeben und blieb stehen, um es so zu betrachten.

„Wie lieblich der Mund ist!" sagte er dabei zu sich selber; „genau so gleißend wußte er zu reden – so schön ist sie und so falsch. Man mußte sie lieben; sie wußte das, die schöne Schlange. Und es wäre ihr doch gelungen, mein Mannesbewußtsein zu untergraben, wie sie es mit meinem Seelenfrieden gethan, hätte ich nicht ihre Nähe geflohen – nur die Entfernung schützte mich. Nein," rief er lauter, „ich verleumde mich selbst; was man verachten muß, kann man ja nicht mehr lieben."

Er drehte sich ab von dem lockenden Frauenantlitz und gewahrte stutzend das am Boden knieende Mädchen, dessen dunkler Kopf über ein offenes Buch gebeugt war.

Eine Wolke des Aergers bildete sich auf seiner Stirn – hatte sie ihn belauscht?

„Was thun Sie da?" fragte er beinahe barsch.

Erschreckt sah sie empor in sein strenges Gesicht, dunkle Gluth bedeckte das ihrige, sie hob wie bittend die eine Hand und deutete mit der andern auf das Buch.

„Ich las –" sagte sie stockend.

Es lag etwas in ihrem Blick und der Bewegung, was ihn rührte und ihn seine Heftigkeit sofort bereuen ließ.

Er trat näher und bot ihr die Hand, um sie emporzuziehen, aber sie stand blitzschnell neben ihm, ohne seine Hülfe zu beachten, ihre Augen senkend, als erwarte sie noch weiteren Tadel; das offene Buch hatte sie auf den Tisch gelegt. Ehrenfried griff nach demselben. „Goethe's Leben," las er und blickte sie überrascht an; „interessirt Sie das?"

Sie wurde wieder roth. „Ich hörte davon – durch den Schulmeister, der es zu lesen wünschte, und als ich es vom Boden aufhob, mußte ich daran denken. Ich bitte um Verzeihung."

„Nein," sagte er, „nein, so nicht, Gratiana!" – es war das erste Mal, daß er sie so anredete – „wenn Sie lesen wollen, nehmen Sie, was Ihnen gefällt, und das dort bringen Sie dem Schulmeister sofort! Er ist Ihr Freund – nicht wahr?"

Ihre Augen leuchteten. „Ja, er ist mein Freund, und für ihn nehme ich es an – nicht für mich." Sie machte dem Professor eine rasche Verbeugung und verließ das Zimmer.

„Gratiana –," sagte Ehrenfried, „wie kommt der Name und das sonderbare Wesen hier unter die Bergleute? Sie ist so eigenartig und schön zugleich und doch sich dessen unbewußt – sie spricht gewählt und doch natürlich – und Goethe sogar hat eine Stelle in ihrem eigensinnigen Kopfe! Wahrscheinlich des Schulmeisters Verdienst …"

Er pfiff den Anfang eines lustigen Studentenliedes und lachte dann hell auf: „Wahrhaftig, ich ertappe mich da bei allerhand krausen Gedanken, welche nicht mehr in meinen würdigen Kopf gehören. Ja, wenn man noch ein sorgloser Bruder Studio und dieser Schönheit dort unten so zufällig genaht wäre, wer stände da für das junge Herz, das leicht Feuer fängt – aber jetzt?" Er stieß einen tiefen Seufzer aus. „Was ich noch besaß an Glauben und Vertrauen auf die Menschheit, an Poesie – das hat *sie* mir geraubt, alles und für immer. Und wie spielend kindlich, wie grausam klug … o Constanze!"

Das hübsche Antlitz da an der Wand lächelte auf seinen Zorn herab, wie vorhin zu seinen Reflexionen. Ja, er hatte sie geliebt, die verführerische Frau, mit einer Schwärmerei, deren man ihn nie fähig gehalten, und über welche seine Freunde unter einander spotteten. Alle beurtheilten die kokette Wittwe richtig, welche in dem gelehrten Herrn nur ein pikantes Spielzeug erblickte, während Ehrenfried von ihr als seiner einstigen Gattin träumte. Das Erwachen war früh genug gekommen. Ganz unerwartet hatte ihm ein Billet Constanzens ihre Verlobung mit einem Ebenbürtigen angezeigt, und als er, bleich, verstört zu ihr geeilt, war sie lächelnd, wie immer, ihm entgegengetreten. Er solle ihr

Beifall zollen für ihre kluge Taktik, hatte sie gesagt; ihn, wie sich, habe sie gerettet. Die Leute hätten ernstlich gemeint, sie habe Neigung, eine „kleine Frau Professorin" zu werden – dem Gerede hätte ein Ende gemacht werden müssen. Er mußte etwas von „thörichten Einfällen" erwidert haben, und das faßte sie sofort auf; die Menschen hatte sie leichtfertig hinzugefügt, seien oft von kindlicher Naivetät – sie, die an Glanz und Luxus gewöhnte Frau – und er, der strenge Gelehrte, welcher das Leben in der großen Welt, wenn nicht verachtete, so doch belächelte, wie das wohl in Einklang zu bringen gewesen wäre?

Als er dann endlich die Herrschaft über sich selbst wiedergewonnen, hatte er ihr in eisigem Tone gratulirt – zu ihrem Verstande. Sie war klug genug, um seinen Hohn zu fühlen, hatte ihm scherzend mit dem Finger gedroht, eine Rose und ein Vergißmeinnicht aus ihrem Strauße gezogen und, ihm dieselben hinhaltend, gemeint, sie blieben doch Freunde – genau, wie bisher. Sie sei nicht eifersüchtig auf seine Geliebte, die Wissenschaft, gewesen; er dürfe es auch nicht auf den zukünftigen Gatten, den „armen Sclaven" sein. Er machte eine Verbeugung, übersah die sinnige Spende und verließ das Gemach.

So war das Ende – o, die bittere, häßliche Erinnerung!

„Bin ich denn noch der alte Thor?" fragte er laut und schüttelte den ausdrucksvollen Kopf. „Nein, nein, ich bin ein Mann und will über meine Schwäche siegen." Dann faßte er nach seinem Hut und sprang die schmale Treppe hinab. Schon hielt er den Thürgriff in der Hand, als ihn die Stimme der alten Großmutter zurückrief.

„Bei dem Wetter, Herr Professor?" rief die alte Großmutter, „das wäre doch geradezu leichtsinnig – und der Herr hat nicht einmal einen Schirm! Da, tretet so lange ein, bis es nachläßt. Janchen soll Euch unterdessen den Schirm herunterholen!"

Er folgte der Alten gehorsam wie ein Kind.

„Großmutter, Ihr könntet für Euern Sohn nicht besser sorgen, als für mich," sagte er scherzend.

„Ist das nicht Christenpflicht?" fragte sie ernsthaft. „Ihr habt mich überdies schon gedauert: so allein meistens! Nun ja, mag sein, daß gelehrte Leute nicht unter der Einsamkeit leiden; ich bin nicht gern allein, denke mir, daß ich noch lange genug allein sein werde, wenn sie mich hinausgetragen haben auf den Gottesacker."

Sie hatte dabei die Thür zum kleinen Wohngemach aufgestoßen und war mit dem Gaste über die Schwelle getreten. Sofort suchten die Blicke des Letzteren das junge Mädchen. Gratiana stand am Fenster neben einem schlanken Mann in Bergmannstracht, der lebhaft sprach. Beim Eintritt des Professors verstummte er.

„Das ist ein Gevatterssohn, der Conrad, der dann und wann bei uns vorspricht," sagte die Großmutter. „Mein Sohn ist hinunter nach Buntenbock, will seinem Vetter dort die Augen zudrücken. Gott gebe dem ein leichtes Ende! Er hat es verdient."

Es war etwas wie Verlegenheit über das Gesicht Janchens gehuscht; sie ging nach der andern Ecke des Zimmers, als habe sie dort zu ordnen, eilte hinaus auf den Wink der alten Frau und erschien mit des Professors Schirm wieder, den sie gegen den alten geschnitzten Schrank, welcher fast die eine Wand gänzlich einnahm, lehnte. Dann griff sie nach dem schwarzen Tuch, das sie im Freien über dem Haupte trug, band es fest und schlug ein anderes, größeres über die Schulter.

„Ich gehe, Großmutter."

„Schon wieder?" fragte die, ein wenig unwillig, wie es schien. Auch der Bergmann faßte nach seiner Kopfbedeckung.

„Es wäre besser, Du bliebst, Conrad," wehrte das Mädchen, „die Großmutter könnte Jemand brauchen, und –"

„O nein, geht nur mitsammen!" versetzte die Alte, „am lichten Tag hab' ich schon keine Furcht; und sag' dem Herrn Anton, an solch schlechten Abenden, wie heute einer wird, soll er nicht auf Dich zählen."

„Großmutter," warf das Mädchen ein, „seine Augen sind schlimmer als jemals."

Die greise Frau bewegte den Kopf, als überlege sie, dann sagte sie freundlicher: „Nun, so bestell's nicht!"

„Glück auf!" grüßte verlegen der junge Mann und drängte sich, als könne er nicht schnell genug aus der Nähe des Professors kommen, durch die nur ein wenig geöffnete Thür.

Das Mädchen trat rasch noch einmal an Ehrenfried's Seite:

„Ich bringe einem armen Kranken Unterhaltung in seiner Einsamkeit durch Ihre Güte – ich danke Ihnen von Herzen dafür." Sie hatte die Worte warm gesprochen und mit einem aufleuchtenden Blick aus ihren tiefblauen Augen begleitet, der den Professor wunderlich berührte, aber ehe er noch eine Erwiderung geben konnte, war sie schnell davon geeilt, und jetzt huschte sie schon außen an den Fenstern vorbei in solcher Eile, daß Conrad ihr kaum zu folgen vermochte. Die Großmutter blickte dem Paare mit einem eigenthümlich lächelnden Gesichte nach; dann setzte sie sich in ihren krachenden Lehnstuhl, schob die Brille zurecht, griff nach dem Strickzeug und sagte, als sei es selbstverständlich, daß der Professor den gleichen Gedanken gehabt:

„Ein ansehnliches Paar, ja, ja!"

Ehrenfried sah forschend zu ihr hinüber. „Geschwisterkinder, nicht wahr?"

„Ja," sie hustete dabei etwas verlegen, „ich meine, das giebt einmal ein hübsches Brautpaar."

Ob der Regentropfen, welcher durch die bleigefaßte Fensterscheibe gedrungen und plötzlich seine Hand berührte, ihm solch unangenehme Empfindung veursachte, daß er sich hastig umwandte?

„Ein Brautpaar – ich wußte das nicht, Großmutter."

„Will's Gott, daß ich's erlebe, Herr! Der Conrad wäre ein rechter Mann und das Janchen eine gute Frau für ihn; sie ist fleißig und einfach; brav hab' ich sie erzogen. Ich hatte keinen Tadel, als – das Bücherlesen. Und schon darum wäre es mir recht, wenn der Conrad einmal den Mund gegen sie aufthun und vom Herzen weg reden wollte. Es drückt ihn lange schon, das sehe ich so gut mit meinen trüben Augen, wie der Gottlieb mit seinen gesündern, aber wie das bei verliebten Männern geht – sie sind schüchtern. Ihr werdet's auch durchgemacht haben."

„Und sie?" fragte der Professor. „Ich meine Janchen."

„O!" – sie sah dabei über die Hornbrille hinweg – „die – wird sich nicht lange besinnen; sie ist ein armes Ding, und wenn wir Beide, der Gottlieb und ich, einmal nicht mehr da sind, stände sie ganz allein. Sie hat ihn auch gern; sie haben als Kinder mit einander gespielt und sich immer gut vertragen."

„Was meintet Ihr denn mit dem Bücherlesen, Großmutter?" „Das ist," erwiderte die Alte halblaut, „was mir nicht gefällt; es hebt sie über ihren Stand hinaus, und das hat noch niemals gut gethan. Man soll reden und denken wie Seinesgleichen, wenn man mit ihnen zu leben hat; sonst giebt's ein Mißverhältniß. Es ist kein angenehm Gefühl für einen Mann, wenn er denken muß, daß das, was er mühsam zusammenliest und schwer in seinem Kopfe ordnet, so leicht von seinem Weibe verstanden wird, ja, daß sie vielleicht Alles richtiger und klarer sieht, als er selber. Ich bin eine alte Frau, Herr Professor – nehmt es nicht für ungut, aber ich kann nur sagen, wie es bei mir gewesen ist. Ich konnte nicht lesen noch schreiben; ob mein Mann damit besser fertig werden konnte, weiß ich nicht, denn er ließ mich nichts davon merken. Ich habe mich immer nach seinem Willen gerichtet; da hatte ich selber nichts zu verantworten; ich dachte auch nicht darüber nach, ob's gut oder nicht vortheilhaft war, was er wollte, denn bei unserer Trauung droben in der Kirche hatte der Herr Pastor gesagt: ‚Der Mann soll des Weibes Haupt sein'. – Ich habe so glücklich mit meinem Gottlieb selig gelebt," fuhr sie trübe fort, „bis das böse Wetter kam, das dreiunddreißig Bergleuten das Leben kostete. Was ich damals ausgestanden! – Gott bewahre andere fromme Seelen vor dem! Mein Knabe war drei Jahre alt, Herr; dort draußen auf der Schwelle spielte er, als die Nachricht kam von dem Unglücke. Ich hörte nur den Namen ‚Dorothea' – dort arbeitete mein Mann – und stürzte davon, athemlos. Ich wollte mich ja überzeugen, daß er gesund und wohl oben sei – die Leute sahen mich entsetzt an, als ich fragen wollte, und da wußte ich mein Schicksal. Vierundzwanzig Stunden habe ich neben dem Schachte auf den Knieen gelegen – er war der Letzte, den sie brachten." Ihre zitternde Stimme brach ab; die Nadeln klapperten einen Augenblick schneller; endlich fand der Professor, den die

Erzählung der schlichten Bergmannsfrau sonderbar ergriffen hatte, den Muth zu der Frage:

„Und dennoch, Großmutter, obwohl Euch die Grube den jungen Gatten raubte, ließet Ihr den Sohn den gleichen gefährlichen Beruf wählen?“

Sie faltete die Hände. „Den hat Gott geschützt! Wir sind es so gewöhnt nach altem Herkommen; er hat all seine Einfahrten in die ‚Dorothea‘ gemacht, wo sein Vater den Tod fand, und er hat sein Alter für einen Bergmann hoch gebracht; er zählt siebenundfünfzig Jahre – gewöhnlich sterben die Männer jung bei uns; das thut die Arbeit unter der Erde.“

„Und Eure Enkelin war früh mutterlos?“

„Die Jane,“ sagte sie, nicht direct seine Frage beantwortend, „ja, von der redeten wir eigentlich, und vom Schulmeister wollte ich erzählen. Sie war ein heller Sinn von klein auf, Herr Professor, so ein Begreifalles, wie man wohl sagt. Wir mußten sie in die Schule schicken – das war so mit der Zeit zum Gesetz geworden, und der Lehrer, Herr Anton, hatte seine Freude an ihr. Wie der nun krank wurde und endlich vom Amte ging, ließ er sie zu sich in’s Haus kommen und unterrichtete sie in Dingen, die sie droben in der Volksschule nicht lernte. Es war sein Vergnügen, und der Gottlieb und ich blieben still dazu – nur Eins habe ich nicht gewollt, daß sie das Sprechen in anderen, fremden Mundarten lernte – seht, Herr, ich mußte doch verstehen können, wenn auch nicht mit dem Kopfe, was sie sagte und las.“

Der Professor blickte still in den leise herabrieselnden Regen; jetzt war ihm plötzlich Jane’s wunderliches Wesen begreiflich: sie stand im Denken und Wissen so weit über ihren Hausgenossen, und sie mühte sich, dieselben das nicht fühlen zu lassen – so war ein Zwiespalt in ihrem Innern geworden, der für ein streng beobachtendes Auge nicht ganz verborgen bleiben konnte.

„Mit der Zeit,“ fuhr die Großmutter fort, „ist mir’s aber nicht mehr recht gewesen. So lange sie ein Kind war, spürte man minder, daß sie mehr gelernt hatte, als es ihrem Stande zukam – jetzt habe ich oft meine Sorge. Das Mädchen blickt zuweilen so seltsam – wie, das kann ich Euch nicht sagen, aber ich habe dann ein Gefühl, als sei sie unzufrieden mit ihrem Schicksal."

„Nein," entgegnete Ehrenfried, „Großmutter, damit thut Ihr der Jane doch wohl Unrecht."

„Wäre auch Unrecht von ihr, denn Gott hat sie wunderlich beschützt," sagte die Frau in einem fast harten Tone. „Nun, wie's auch ist, ich wollte sie seit der Confirmation nicht mehr hinablassen nach Zellerfeld zum Herrn Anton, aber der Gottlieb redete drein mit seinem guten Herzen und meinte, man müsse dem kranken Menschen die Freude nicht rauben. So schwieg ich denn still. Jetzt denke ich an den Conrad, und hat der erst vom Herzen herunter, was ihn drückt, so wird schon Alles in das Richtige kommen, die alte Großmutter ist ja auch noch da."

„Und wird noch lange wachen und sorgen," setzte Ehrenfried Winter hinzu, um ihr eine Freundlichkeit zu sagen.

„Das warte ich in Geduld ab – ‚wachen und sorgen ist die Aufgabe der Frauen,' sagte meine Großmutter vor langen Jahren – ach, Herr Professor, das ist Etwas, womit man nicht zu Ende kommt. Es ist auch hier angebracht. Die vielen Akademiker, lustige Burschen und reiche, aus fremden Ländern, selbst aus Amerika, thun nicht allein den vornehmen Mädchen schön, sie sehen viel öfter nach den hübschen, und Janchen ist stattlich."

„Ja, gewiß," bestätigte der Professor, dem es sehr heiß wurde in der engen Stube; „aber ich glaube, Großmutter, der Regen hat nachgelassen; ich könnte noch einen kleinen Gang in's Freie wagen, ehe die Dunkelheit hereinbricht."

Er nickte ihr Lebewohl zu und ging hinaus. Die Alte schaute ihm nach.

„Mir ist's, als regnete es noch gerade so, aber das ist jung; das stürmt durch Alles – ich bin froh, wenn ich hier ruhig im Trocknen sitzen kann."

Mit großen Schritten, den ausdrucksvollen Kopf gesenkt unter dem großen aufgespannten Schirme, ging der Professor sinnend durch das häßliche Wetter, der Richtung kaum achtend.

Es war eine wunderliche alte Frau dort in dem kleinen Hause, mit so verschollenen Lebensansichten und Regeln, und doch lag für ihn ein wahrer Genuß darin, ihr zuzuhören. Das Fertige, Abgerundete ihrer Gedankenwelt, welche so treu das Colorit der umgebenden Verhältnisse trug, machte einen eigenthümlich überzeugenden Eindruck und hatte überdies, in Verbindung mit dem klaren und geordneten Wesen der Redenden, etwas so Fesselndes und Beruhigendes zugleich, daß für den Lauscher das bunte, schillernde Leben draußen in der Welt verschwand und mit ihm die schöne, herzlose Frau, welche ihm solchen Abscheu gegen Welt und Menschen eingeflößt hatte, daß er in die Einsamkeit geflohen war. Dazu boten ihm die Alte mit ihrem Sohne, dem Bergmanne, noch ein anderes Interesse; sie wurden für ihn zu Typen, aus denen er die Charaktereigenthümlichkeiten des Volksstammes aus dem rauhen Harzgebirge studiren konnte. Und Janchen? „Gratiana," sagte er, wenn er jetzt zu sich selber von ihr sprach – war sie nicht die interessanteste von Allen? Nur daß sie nicht in den engen Rahmen ihrer Umgebung passen wollte. Freilich, nach dem eben geführten Gespräch wußte er warum; aber doch wollte es ihn bedünken, als sei es nicht die etwas bessere Bildung allein, welche sie aus dem Rahmen des ganzen Bildes heraushob, als liege in ihrer ganzen Persönlichkeit etwas ihrer Umgebung Fremdes. Und dennoch sie – das herbe, eigenartige schöne Mädchen dereinst eine Bergmannsfrau wie die Großmutter? mußte er sich fragen. Mühsam arbeitend in Haus und Garten oder immer und immer strickend – jetzt bunte Schuhchen, dann Kinderstrümpfe – und später, wenn viele, viele Jahre mit bösen Wettern und zusammenstürzenden Schachten vergangen waren, in dem noch wackeliger gewordenen Lehnstuhl der Großmutter die endlos langen wollenen Jagdstrümpfe – er stieß mit dem Fuße nach einem Steinchen und schleuderte es weit hinweg. Es war ein unerträglicher Gedanke!

„Ja, sie ist schön," sagte er plötzlich laut vor sich hin, „so schön, daß ich am Ende … Ja, wie gesagt, wenn ich noch ein junger Fant wäre –"

„Sonderbar," meinte er nach einer Weile, sich umschauend, „da bin ich, ohne etwas zu wollen, auf den Weg nach Zellerfeld geraten – was Einem doch nicht Alles passiren kann! Ich könnte über Dich

lachen, Ehrenfried, alter Knabe, sieht das nicht beinahe aus, als
ob…“

Sein Selbstgespräch hatte ein Ende; er befand sich bereits zwischen
den noch niedrigen Häusern des Schwesterstädtchens von
Clausthal, Zellerfeld, das von jenem nur durch den kleinen
Zellbach getrennt wird. So nah einander und fast eins, halten doch
die Bewohner beider Orte streng auf ihre verschiedenen Sitten und
Privilegien, und die Clausthaler dünken sich als Berghauptstädter
noch ein gut Theil mehr.

Ehrenfried ging langsamer und wie am Tage seiner Ankunft in der
Schwesterstadt auch hier jedes Haus genau betrachtend; es schien
fast, als wollte er die Wohnung des Schulmeisters zu entdecken
suchen. Und obwohl er sich selber dieser Absicht nicht klar
bewußt war, flog doch, als er aus dem kleinsten Hause Rosmarin
und Nelken freundlich durch die Scheiben blinken sah, ein
Lächeln um seinen Mund. Den Schirm tiefer über's Haupt haltend,
wie um nicht erkannt zu werden, schritt er näher; die Blumen
erinnerten ihn an Gratiana's Fenster, vielleicht daß hier – und
richtig, er hatte sich nicht getäuscht. Dort hinter dem kleinen
Lebensbaume saß sie; er sah deutlich ihre schweren schwarzen
Flechten: sie hatte den Rücken nach dem Fenster gedreht, damit
das letzte Tageslicht um so besser auf das Buch fallen konnte,
welches sie in der Hand hielt.

„Sie liest ihm vor, dem kranken Lehrer – sie hat eine weiche
Altstimme, die angenehm beim Vorlesen klingen muß,“ setzte der
schnell an dem Fenster Vorüberhuschende sein Selbstgespräch
fort. „Aber sie wird gleich den Heimweg antreten, der alten Frau
wegen.“

Er ging vielleicht hundert Schritt von dem Häuschen entfernt, in
welchem er das Mädchen wußte, auf und nieder, die Blicke
beobachtend auf die kleine Thür gerichtet. Nur wenige Minuten
verstrichen, und Gratiana trat aus dem Hause, von einer andern
weiblichen Gestalt begleitet, welche erst an der nächsten
Straßenecke Abschied von ihr nahm. Es rieselte noch immer ein
feiner Regen hernieder; das Mädchen war ohne Schirm, und ganz
in der Ferne ihr folgend, überlegte der Professor, ob er schneller
gehen und ihr den seinigen zum Schutz bieten solle. Schon war er

beinahe bei dem „Ja“, das er mit allerlei menschenfreundlichen Gründen sich selber abzuringen gewillt war, angelangt, als er plötzlich eine männliche Gestalt quer über den Weg und auf das Mädchen zueilen sah. Noch konnte er deutlich trotz der Dämmerung unterscheiden, daß dieselbe schlank und jugendlich war und die ebenso kleidsame wie malerische Tracht der Akademiker trug, den faltigen schwarzen Wollkittel, mit Münzen auf der Brust verziert.

Er blieb stehen, seine Augen fest aus das Paar gerichtet, das mit einander redete; nur dumpfe Laute drangen zu ihm. Das Blut stieg ihm heiß hinaus zum Herzen , daß es schneller schlug – die Worte der Großmutter fielen ihm ein – ihr Sorgen und Wachen war doch erfolglos gewesen.

Er wollte nicht horchen, aber unwillkürlich machte er einige Schritte auf das Paar zu.

„Nein, nein!“ hörte er des Mädchens tiefe Stimme sagen.

„Fräulein Jeanne, ich beschwöre Sie –“ das Andere, was der fremde junge Mann schnell und aufgeregt sprach, ging ihm verloren.

„Nein,“ wiederholte sie, „die Großmutter wartet; halten Sie mich nicht auf – gute Nacht!“

Der Fremde schien ihr nur zögernd den Weg frei geben zu wollen und unschlüssig zu sein, ob er ihr folgen sollte oder nicht; da hörte er Ehrenfried’s festen Tritt und bog schnell in eine Seitenstraße.

Immer in geringer Entfernung sah der Professor die schlanke Mädchengestalt vor sich; immer in derselben Entfernung folgte er ihr, aber er dachte nicht mehr daran, trotz des Regens, ihr seinen Schirm anzubieten; er hatte eine unangenehme Empfindung gehabt und konnte seine fröhliche Laune nicht wieder gewinnen.

Erst nachdem Janchen einige Minuten schon die Schwelle ihres Elternhauses überschritten hatte, trat auch der Professor ein. Der alte Gottlieb bot ihm einen freundlichen Gruß, auf den er kürzer als sonst antwortete; er sprach seine Wünsche für den Abend in wenig Worten aus und stieg sofort die Treppe zu seinem Zimmer hinauf, das er heute nicht wieder verließ.

„Den hat's gefröstelt draußen," sagte die Alte, „ich habe mir's gleich gedacht."

Der Professor hatte eine schlaflose Nacht gehabt. Er glaubte, es sei die Folge einer Erkältung, welche er sich bei dem feuchten Wetter zugezogen. Es regnete nur schwach noch, und als er, früh sich erhebend, im Morgengrauen aus seinem Fenster sah, prophezeite er einen guten Tag. Noch standen die Sterne am Himmel; die Bergleute mit ihren flimmernden Lichtern am Gürtel wanderten nach den Gruben; „Glück auf!" riefen sie ihm zu, „Glück auf!" gab er zurück, und jedes Mal lag bei ihm ein aufrichtiger Wunsch in diesen beiden kleinen Wörtern.

Die frische Luft machte ihn schaudern; er nannte sich einen „leichtsinnigen Burschen" und schloß das Fenster. Unter und neben ihm schien noch Alles zu schlafen; es war ihm zuweilen, als höre er Gottlieb's feste Athemzüge durch die Bretterwand, welche sein Gemach von demjenigen des Bergmanns schied.

Auch Gratiana schlief sicher noch; ebenso die Großmutter; was das Mädchen wohl träumte? Von ihm, welchen sie am gestrigen Abend ohne Wissen der Großmutter gesprochen, oder von dem frischen Bergmanne, der sich schon so lange schüchtern mit seinem Herzenswunsche trug? Was kümmerte es ihn – ihn, der vielleicht morgen schon den Ort verließ und nie mehr an das kleine Haus und seine schlichten Bewohner dachte! Nie mehr? Gewiß nicht – nur – das Eine hätte er doch wissen mögen, ob Jane's Schicksal wohl so ausfiel, als er sich's gestern vorgestellt. Er hatte heute nicht einmal zu dem Bilde Constanzens aufgesehen – so sehr beschäftigten ihn seine Gedanken über den vergangenen Tag. Als der Morgen klar heraufgestiegen war, ging er, seinen Winterrock überziehend, hinunter, oder eigentlich hinauf in den Garten.

Gratiana saß indessen unten im Stübchen, wo ein trübes Licht brannte, die Feder in der Hand, vor einem Aufgabenheft; sie brütete bereits eine Weile über einen geschichtlichen Aufsatz, hatte aber noch nicht einmal den Anfang gefunden. Sie lauschte auf die Schritte dort oben über ihr und wunderte sich, warum der Professor schon so früh unruhig hin und her gehe. Gestern hatte sie einen frischen Epheuzweig um das Frauenbild geschlungen und mußte nun immer daran denken, wie erstaunt und erfreut er wohl darüber gewesen sei; denn daß ihm jenes schöne Bild theuer, darüber war kein Zweifel.

„Es wird seine Braut sein," hatte die Großmutter gesagt, als sie ihr davon erzählt, und sie selber mußte dazu nicken.

Dann dachte sie Beide nebeneinander – die glanzvolle Frau und ihn! O, er war stattlich, männlich, und wenn er mit der Großmutter sprach, so verschönte sich sein ausdrucksvolles Gesicht wunderbar. Mit ihr hatte er kaum freundlich geredet, und sie hatte das selbst verschuldet, zuerst damals im Garten – und dann kürzlich, als er denken mußte, sie hätte ihn behorcht. Noch stieg ihr die Gluth in die Wangen, wenn sie daran dachte. Aber sie hatte das Alles wieder gut machen wollen, indem sie das Bild der Frau schmückte, die er liebte.

Es war jetzt draußen heller, als drinnen bei der kleinen Lampe; sie löschte dieselbe aus, aber der Anfang für ihren geschichtlichen Aufsatz wollte sich noch immer nicht finden.

Der Professor sah über den kleinen Gartenzaun hinaus in der Richtung des Brockens, von dem eben eine Wolkenschicht nach der andern herabfiel, als er plötzlich ein Husten neben sich vernahm, als wolle Jemand seine Aufmerksamkeit erregen.

Er blickte um sich und gewahrte einen Knaben, einen „Puchjungen", wie das Volk in der Harzsprache die im Pochwerk beschäftigten Knaben nennt – eine ihrer Wildheit und boshaften Späße wegen ziemlich berüchtigte angebliche Corporation.

„Wo ist die Jane?" fragte er grinsend, ohne jeden Gruß. „Ich laufe seit einer Stunde um das Haus und kann nicht dafür, wenn ich's nicht heimlich abmache."

„Was?" fragte Ehrenfried erstaunt.

„Nun – den Brief von dem fremden Bergschüler, den sie Baron nennen. Ich bekomme mein Trinkgeld erst, wenn ich ihn abgeliefert habe."

„Wo ist der Brief?"

Der Junge machte eine Grimasse.

„Erst versprechen Sie mir, daß Sie nichts sagen gegen den Baron! Die Alten drin sollen auch nichts wissen. Sonst geht es mich nichts an; ich kriege so wie so meinen Rüffel, weil ich zu spät komme.“

„So gieb! Ich werde ihn abliefern.“

Die schmutzige Hand schob den Brief über den Zaun, ein Spottwort verklang im Davonlaufen im Munde des unhöflichen Boten. Der Professor blickte mit gerunzelter Stirn auf das kleine Billet, das die Aufschrift „An Fräulein Jeannne“ trug.

„Arme Großmutter,“ flüsterte er, „wenn Du das Resultat Deiner Wachsamkeit kennen würdest! O Weiber – so sind sie Alle! Wer hätte hinter jener weißen Mädchenstirn Gedanken an Rendezvous und heimlichen Briefwechsel gesucht!“

Er durchmaß den schmalen Fußweg noch zweimal, das Billet fest in der Hand haltend; als er sich zum dritten Male wandte, hörte er die kleine Pforte knarren und sah das Mädchen, die Haare und ihren schlichten Anzug schon geordnet, in den Garten treten.

„Guten Morgen, Herr Professor!“ sagte sie und ging nach dem Gemüsebeet hinüber.

Wie schüchtern und unschuldig sie that! Und doch war sie mit dem Gedanken gekommen, einen Brief oder eine Botschaft entgegenzunehmen. Er konnte ihr um dieser Verstellung willen eine kleine Demüthigung nicht ersparen.

„Guten Morgen, Fräulein Jeanne!“ sagte er, scharf jedes Wort betonend und einen streng forschenden Blick auf sie richtend. Sie erröthete bis an die Schläfe, aber ihre Miene hatte dabei nichts Erschrecktes, und sie richtete ihre blauen Augen fragend auf sein Antlitz.

„Warum nennen Sie mich so?“

„Weil“ – welch wunderbare Bläue diese Augen hatten! - „ich der Ueberbringer einer Botschaft an Sie bin, die unter jener Adresse abgegeben wurde.“

Jetzt schien sie doch ein wenig unruhig.

„Ich wüßte nicht, daß ...“

„Man Sie so nennt?"

„Doch!" sagte sie in einem Tone, der wieder nichts von Angst und dem Bewußtsein des Unrechts hatte.

„Darf man wissen, wer das Recht hat, Sie so anzureden?"

Sie richtete sich stolz auf und schien plötzlich gewachsen zu sein.

„Ein Recht – welches es auch sei – hat Niemand, Herr Professor, weder mich anzureden, noch zu fragen."

„Ah" – er stand fast demüthig vor ihr – „ich habe Sie nicht kränken wollen, Gratiana, aber so ganz im Unrecht war ich mit meiner Frage doch nicht. Dieses Briefchen gab mir ein Knabe, welcher Sie vorhin vergeblich heimlich suchte. ‚An Fräulein Jeanne'"

Sie nahm es nicht, obwohl er's ihr entgegen hielt, sondern ließ beide Hände schlaff herab und in die Falten ihres Kleides sinken.

„Ich erwarte keinen Brief – und kann keinen empfangen," versetzte sie, und eine finstere Falte bildete sich zwischen ihren schönen Augenbrauen.

„Aber Sie wissen – Gratiana, das soll keine Neugierde sein – Sie wissen, wer das Briefchen schrieb?"

„Ja!"

„Und was soll damit geschehen, da Sie es nicht nehmen wollen?"

Sie blieb eine Weile stumm und sah vor sich nieder auf den Boden; dann griff sie nach dem zusammengefalteten Papiere und riß es heftig in unzählige Fetzen, die der Morgenwind lustig umherwirbelte.

„Da!" sagte sie aufathmend und dann ihre weißen Zähne tief in die rothen Lippen grabend. „Da!"

Diesmal hatte der Professor keine Aufmerksamkeit für das Bild einer zürnenden Schönen, das sich ihm bot; er runzelte selber seine Stirn und sagte:

„Das war ein feiner Schachzug – in der That!" Sie verstand ihn sofort und fragte mit blitzenden Augen:

„Halten Sie mich einer solchen Komödie für fähig – und was that
ich Ihnen, das Sie dazu berechtigt?"

Ehrenfried entgegnete nichts auf diese ihn anklagende Frage,
sondern deutete, spöttisch lächelnd, auf die umhergestreuten
Papierstücke.

„Da ist kein Für und Wider, keine Frage und keine Antwort weiter
nöthig – und der, welcher Ihnen schrieb, bleibt in der süßen
Gewißheit, daß Sie seine Zeilen empfangen haben."

Das Mädchen stutzte und schaute zur Erde; er sprach so hart mit
ihr, in einem spöttischen Tone, und doch hatte sie gestern das Bild
der schönen Frau für ihn geschmückt – es that ihr weh. Plötzlich
blickte sie auf und sagte mit fast kindlicher Demuth:

„War es nicht recht, Herr Professor?"

Diesmal konnte er wiederum nicht vermeiden, tief in die blauen
Augen zu blicken.

„Gewiß nicht, Fräulein Jeanne, denn ich meinte es gut und hätte,
falls Ihnen der Brief nicht willkommen gewesen wäre, denselben
an den Verfasser zurückgeschickt, in einer Art, die ihn fernerer
Stilübungen überhoben hätte."

„Ah," flüsterte sie beinahe staunend.

Schon wieder war sein Argwohn rege. „Sie hätten das aber nicht
gewünscht?"

„Darüber dachte ich noch nicht nach, aber ich wundere mich,
warum Sie es so gut mit mir meinen."

Er hätte ihr anders antworten mögen, mit einem raschen,
betheuernden Ausdrucke, der aus dem Herzen kam – aber er
zwang sich, ruhig zu bleiben, und sagte nur etwas wärmer als
zuvor:

„Haben Sie mich für einen Unmenschen gehalten? Aber nun seien
Sie auch offen! Ahnen Sie, was in diesem Briefe stand?"

Wieder erröthete sie.

„Vielleicht, ja! –"

„Es ist der erste, den Sie empfingen?"

„Ja – und ich erwartete ihn nicht." Dann wandte sie das Haupt nach dem Hause hin. „Großmutter wird rufen. – Guten Morgen, Herr Professor!"

Sinnend schaute Ehrenfried ihr nach.

„Sie weicht aus; was soll ich von ihr halten? Ist sie eine Kokette? Nein, ihr ruhiges, offenes Auge widerspricht der Annahme. Das Mädchen interessirt mich immer mehr."

Er legte die Hände auf dem Rücken zusammen und ging, den Kopf gesenkt, die Treppe zu seiner Wohnung hinauf, zu seinen „einzigen Freunden", wie er murmelnd sagte, indem er sich am Tische niederließ, – den Büchern.

Das Bild mit dem Epheukranze hatte wiederum nicht einen Blick erhalten. –

Gleich nach der Mittagsstunde stand der Professor abermals, zum Spazierengehen gerüstet, draußen auf der Landstraße. Es schien, als überlege er noch, nach welcher Richtung er sich wenden wollte, denn er spielte eine Weile, in Gedanken versunken, mit seinem Stocke, hob dann den Kopf, nickte sich selber wie bejahend zu und schritt schnell davon.

Die Großmutter hatte am Fenster gestanden.

„So," sagte sie, sich der Enkelin zuwendend, „jetzt ist er mit seinem Plane fertig, nun geht's im Schnellschritt davon. Solch gelehrte Herren haben ihre Sonderbarkeiten, die ihnen aus den vielen Büchern in den Kopf gestiegen sind und die sie Zeit ihres Lebens nicht wieder los werden. Und dem sitzt auch noch was im Herzen, das ihn unruhig macht."

„Die schöne Dame oben," versetzte das Mädchen, „Großmutter, wenn Du sie nur sehen könntest!"

„Ja, die muß es sein. Weißt Du, Kind, solche Leute, zu denen unser Professor gehört, die haben sich ganz anders, wenn Eins das Andere mag, als wir. Bei uns ist das ruhig mit Vater und Mutter abgesprochen; dann fragt das Paar einander, ob man die Last und Mühe des Lebens zusammen tragen will, und hat man sich das versprochen, so giebt der Pastor den Segen des lieben Gottes hinzu. Aber die Vornehmen, die haben ein Gethu' vor der Hochzeit und sehen den Himmel voller Geigen; nachher freilich – pflegte mein Vater zu sagen – brummt oft die Baßgeige drein. Kind, ich habe schon viel erlebt; wir schlichten Leute sagen, ‚wir haben uns gern'; die Anderen sprechen von Liebe und ewiger Treue an Tod und Elend, wenn sie einander nicht haben sollen – es wird aber nie so schlimm, weder im Guten noch im Bösen."

„Und – unser Professor, meinst Du, Großmutter, der sei vor Glück und Freude – so sonderbar?"

„Nun, gewiß! Ich kenne das, Kind."

Jane schaute ernst vor sich nieder; endlich sagte sie leiser als vorhin: „Doch dünkt mich oft, er sehe gar nicht glücklich aus – und wenn er sie liebt, warum ist er nicht bei ihr? Warum hier auf dem Harz, so von der Welt abgeschnitten?"

„Ah, sinne und simulire!" sagte die Alte fast barsch, „was geht es denn uns an! Er wird etwas arbeiten müssen und will einen klaren Kopf dazu haben."

Jane seufzte tief auf und beugte sich wieder über ihre Arbeiten. –

Der Gedankengang des Professors war ein recht krauser gewesen. Erst hatte er in den Wald, dann nach einer Grube und endlich nach den Schmelzöfen gewollt; jeder dieser Pläne wurde aber wieder verworfen, und endlich war er zu dem Resultat gelangt, daß es gewiß ganz interessant wäre, wenn er den Herrn Anton, den kranken Lehrer, einmal aufsuche. „Zur besseren Orientirung", sagte er sich dabei, als müsse er vor sich selber gewissenhaft einen Grund angeben. Daß diese „bessere Orientirung" wiederum dem schönen Mädchen galt, wollte er sich eben so wenig gestehen, als daß es ihr Bild gewesen, welches ihn in den letzten Tagen von früh bis spät allein beschäftigt hatte.

Er hatte den Weg nach dem kleinen Hause leicht wiedergefunden und stand, die Finger um den Thürgriff gelegt, eine Weile wie zögernd vor demselben; dann machte er schnell entschlossen die Thür auf. Ein Glöckchen klingelte, und sofort öffnete sich seitwärts eine andere Thür, die des Wohnzimmers, und ein blasses freundliches Mädchen sah ihn fragend an.

„Professor Winter," sagte er seinen Hut ziehend.

„Ah – der Herr Professor!" rief eine schwache Stimme von innen, „Riekchen, bitte, führe den Herrn Professor zu mir!"

Ueber die Schwelle tretend, gewahrte Ehrenfried anfänglich kaum die kleine, verkrüppelte Gestalt des Sprechenden, die sich mühsam aus der Sophaecke erhob und eine Verbeugung zu machen suchte: „Herr Professor Winter, Sie sind mir sehr willkommen – und durchaus kein Fremder mehr; ich kenne Sie bereits aus Jane's Erzählungen."

Winter's Gesicht hellte sich auf, und er reichte dem Lehrer die Hand; das blasse Mädchen rückte einen Stuhl für ihn heran.

„Es ist schön, daß ein Mann wie Sie einen armen Kranken aufsucht," versetzte die dünne Stimme des Lehrers, nachdem Riekchen das Zimmer verlassen. „Ich habe selten einen Besuch, der mir von draußen erzählen kann."

Ehrenfried wußte nicht recht, wie er sein Kommen eigentlich motiviren solle; deshalb schwieg er ganz darüber und sagte:

„Aber Sie haben in Ihrer freiwilligen Verbannung doch Anregung – durch Bücher, Herr Anton."

„Freiwillig? ach, Herr Professor, sehen Sie mich an und fragen Sie, ob das freiwillig ist! Denn mißgestalteten Körper hatte ich wohl von Kindheit an – aber nun ist seit Jahren eine Krankheit der Augen dazu gekommen … o, wie viel Seufzer hat die mich schon gekostet! Thränen darf ich nicht sagen, denn weinen darf ich nicht. Ja, wäre die nicht gekommen! Aber was ist dagegen anders zu machen, als mit frischem Gleichmuth das Unabänderliche zu tragen. Ich finde mich zurecht. Meine Welt ist von jener Thürschwelle begrenzt, und doch lebe ich in ihr ein mir genügendes Dasein."

Der Professor ließ seine Blicke durch das kleine Gemach schweifen; Bücher überall auf Gestellen hoch an den Wänden aufgestapelt, auf Seitentischen mit Rococofüßen und neugesetzten glatten Platten, einige Blumenstöcke an den kleinen Fenstern, vor einem derselben ein Nähtisch, auf welchem das unvermeidliche Strickzeug lag, vor dem Sopha der Tisch mit Büchern und Papier, vier hochbeinige und hochlehnige geschnitzte Stühle, die wohl ein Jahrhundert schon gesehen, ein winziger Spiegel, ein riesiger Kachelofen mit blauen Ritterfiguren, eine kleine Schwarzwälderuhr, die eben ihr „Kukuk!" rief – das war diese Welt.

Er drückte unwillkürlich die Hand des kleinen Mannes, der sich mühte, unter dem grünen Augenschirm hervor seine Züge zu unterscheiden.

„Sie sind auf dem Harze geboren, Herr Anton?"

„Ja, ja – wie Sie hören werden, kann ich auch den Anklang an den Dialekt nicht ganz vermeiden. Früher war der einmal beinahe fort, als ich in Heidelberg zwei Semester studirte, Philologie, Herr Professor – ach, Heidelberg ist der Glanzpunkt meines Lebens!"

„Aber –"

„Ich weiß, was Sie sagen wollen," fiel der Kranke dem Professor in's Wort. „Sie sollen gleich meine ganze Lebensgeschichte haben. Es ging nicht weiter mit dem Stundiren; mein Vater starb; Vermögen war nicht da, aber meine Mutter und das Riekchen, ein ganz kleines Kind. Was blieb da übrig? Ich mußte ein Ende mit dem Studiren machen – das schnitt in die Seele – aber das Muß ist ein gewaltig Triebrad; ich that's und war glücklich, als man mir in Rücksicht auf die Verhältnisse hier eine Stelle an der Volksschule übertrug, sodaß ich für Mutter und Schwester sorgen konnte. Ich hatte viel auszustehen mit den wilden Harzburschen und manchmal unter ihrem rohen Spott zu leiden – na, das erträgt ein Philosoph. Aber weil ich weiter fortschreiten wollte und auch Privatstunden zu geben hatte, arbeitete ich Nachts viel, und das hat endlich den Augen so sehr geschadet, daß ich mein Amt niederlegen mußte und nun so dasitze."

Vewundernd blickte Ehrenfried den Erzählenden an. Trotz allem Traurigen, was Jener berichtete, hatte sein Herz sich eine gewisse Fröhlichkeit bewahrt. Er sagte ihm das offen.

„Es ist weniger mein Verdienst als Temperamentsache des echten Harzers," erwiderte der kleine Lehrer, es steckt so etwas

Unverwüstliches in uns, und für Sie sollte es auch interessant sein, diesen Volksstamm zu studiren, der seine großen Eigenarten hat. In allen Lagen des Lebens behält der Harzer eine gewisse Zähigkeit und die Fähigkeit, sich über Schmerz und Leid hinaus noch ,ein fröhlich Herz' zu bewahren. Kennen Sie unsern Trinkspruch von altersher? Bei keiner festlichen Gelegenheit darf er fehlen; er eröffnet jedes Freudenmahl; früher als des Landesherrn denken wir unser selber, indem wir sagen:

,Es grüne die Tanne, es wachse das Erz —
Gott schenke uns Allen ein fröhliches Herz!'

„Sehen Sie, neben dem äußern Gut, das uns unsere Berge schenken, gedenken wir des schönsten Erdenbesitzthmus, eines fröhlichen Herzens. Ich habe mancherlei über meine Landsleute gesammelt; dachte einmal ein Buch zu schreiben, aber das ist auch so ein verlorener Wunsch geblieben. Ich dictire dann und wann noch etwas aus dem Material der Jane in die Feder."

Professor Winter seufzte auf bei dem Namen: Jane.

„Ihre dankbare Schülerin, Herr Anton," sagte er lebhaft, „das Mädchen schuldet Ihnen seine ungewöhnliche Ausbildung, die ich mit Erstaunen wahrnahm."

„Sie nahmen sie wahr?" fragte Herr Anton fast zweifelnd. „Sie ist sonst sehr scheu und läßt selten durchblicken, was sie weiß, aber - dankbar, ja, das ist sie. Stundenlang mag sie sitzen und lesen, weil's meine Augen nicht mehr können. So brachte sie mir auch kürzlich freudestrahlend das Ihnen entliehene Buch - wir schreiten langsam damit fort; dieser Engländer, der zu unserer Beschämung Goethe besser kennt als mancher unserer Landsleute, giebt mir zu vielen Erörterungen und Jane zu Fragen Anlaß - ich bin Ihnen so sehr für das Buch verbunden."

„Bitte," sagte Ehrenfried, und setzte dann erstaunt hinzu: „und Jane kennt Goethe, **Schiller**? - das ahnte ich nicht."

„Ah," lächelte der Lehrer, „das wußte ich ja; sie läßt davon nichts heraus. Aber ich sage Ihnen, das Mädchen hat ein besseres Verständniß für unsere Dichter, als manche vornehme Dame. Wir haben alles Mögliche in unserem Stundenplan, sogar Physik und

Chemie – nur eine Concession machten wir der alten Großmutter, wir treiben keine fremden Sprachen."

„Herr Anton," rief Ehrenfried, und drückte auf's Neue die schmale, krankhaft blasse Hand, „welch ein Verdienst haben Sie sich da im Stillen erworben! Diese Mädchenseele höherem Wollen und Können zugänglich gemacht zu haben, ist in der That ein Verdienst."

Das bleiche Gesicht überflog ein trauriges Lächeln. „Wie man's nimmt, Herr Professor. Es war anfangs der Lerntrieb des Kindes, der mich reizte; dann stellte ich immer größere Anforderungen – und lernte dabei selbst auf's Neue mit ihr; sie ist jetzt mein guter Camerad."

„Und später?" fragte der Andere.

„Ah, ich habe nicht lange Zeit mehr – das fühle ich. Die Jane hat dann gelernt, wie man sich selber durch's Dasein kämpft!"

„Oder – man hat sie mit all dem, was Sie ihr erschlossen, mit all ihren Geistes- und Seelenvorzügen für immer an kleinliche Verhältnisse gefesselt."

„Was wollen Sie damit sagen, Herr?" fragte der Lehrer, sich angstvoll aufrichtend.

„Daß man sie einem Bergmann zur Frau giebt, damit sie lebt, und endet, wie ihre Vorfahren."

„Nein, das ist unmöglich. An so etwas dachte ich niemals – und doch, o Herr Professor, wenn Sie damit Recht hätten!"

Die Glocke der Hausthür und dann ein Klopfen an der des Zimmers unterbrach die aufgeregt gewordene Unterhaltung. Ein junger Mann in akademischer Kleidung trat ein.

„Ah, zu außergewöhnlicher Zeit?" fragte der Lehrer, als Jener in fremdklingenden Accente seinen Gruß gesagt.

„Ich bringe ein Buch."

„Herr Baron Negris – Herr Professor Winter! Ein Schüler; der Herr ist Belgier und will recht schnell unsere Sprache lernen; ich gebe hier und da noch einige Stunden."

Professor Winter betrachtete den Ankömmling mit einer Miene von Argwohn – war er Derjenige, welcher am gestrigen Abend Gratiana in den Weg getreten? Der Schreiber des Briefes, der am Morgen in seine Hand gefallen war?

Der junge Mann nahm wenig Antheil an dem fortgesetzten Gespräche, aber bei jedem Geräusche auf der Straße wandte er horchend und beinahe wie erwartend den Kopf; und da Ehrenfried durch einige geschickte und scheinbar gleichgültige Fragen von dem Lehrer erfuhr, daß dieser Jane heute noch erwarte, war er völlig überzeugt, daß er in der Person des jungen Akademikers sich nicht geirrt habe.

Als er sich erhob, stand auch Jener auf, und mit absichtslos klingender Freundlichkeit lud ihn der Professor ein, den Weg mit ihm zu machen; nur zögernd schloß der Baron sich ihm an.

Mit vielen Dankversicherungen und Bitten um Wiederkommen verabschiedete der Lehrer seine Gäste; es dunkelte schon, als Beide auf die Straße traten. Ein Gefühl von Schadenfreude bemächtigte sich Ehrenfried's, als er dachte, wie sehr er des Ausländers Pläne in Bezug auf das junge Mädchen kreuzte; so nahe war der Marder dem Taubenschlage geschlichen und sah nun seinen Weg verlegt! Er trug im Gespräche über die Akademie, über Erträglichkeit der Gruben und viele andere Sachen an, erhielt aber nur kurze Antworten, aus denen eine gewisse Widerwilligkeit gegen das Reden überhaupt klang.

„Bitte, hier rechts!" sagte der Professor, „wir haben ja denselben Weg."

Der Fremde schleuderte die Cigarre fort und murmelte etwas vor sich hin.

„Sie sagten?" forschte des Professors malitiöse Stimme. „Sehen Sie nur, wie einsam diese Straßen sind; man könnte hier ungestört ein Rendezvous halten – ob das in dem kleinen Orte wohl vorkommt?"

Der junge Belgier sah ihn von der Seite her forschend an. „O, hier," entgegnete er dann achselzuckend, „ich zweifle."

„In der That? Aber all die schmucken Akademiker – sollte sich unter ihnen Keiner finden, der auf das Herz einer schönen Harzjungfrau Eindruck machte?"

In der Ferne wurden leichte Schritte hörbar – der Baron blieb unwillkürlich stehen, ebenso Ehrenfried.

„Sie glauben nicht daran? Freilich, diese Bergstädterinnen sollen sehr eigensinnig sein."

Eine weibliche Gestalt, rasch heranschreitend, wurde sichtbar – ja, es war Jane. Des Professors Auge suchte die Dunkelheit förmlich zu durchbohren – wenn sie jetzt ihre Schritte mäßigte, sich umschaute? Nein, flüchtig wie ein Reh huschte sie auf der andern Seite der Straße dahin, dem kleinen Hause des Schullehrers zu; enttäuscht sah Negris ihr nach und dann zu dem Begleiter, dem Zerstörer seiner Pläne, auf. Unbekümmert um den Blick grimmigen Zornes, der ihn getroffen, ging Jener weiter, ja, er war augenscheinlich sehr heiter gestimmt, denn er pfiff einige Tacte, ehe er sich wieder zu dem Baron wandte.

„Lernten Sie diesen Eigensinn noch nicht kennen, mein Herr?"

„Nein!" stieß der Andere kurz heraus.

„Ah, aber ich meine, das ist die beste Sprachübung, die Sie habe könnten; einer Schönen den Hof machen, alle ihre Vorzüge aufzählen, von Liebe und Treue sprechen – ich sage Ihnen, die Wendungen und Vocabeln finden sich da wie von selber – eine solche Uebung fördert mehr, als stundenlange Discussionen mit Herrn Anton."

„So – ich glaube aber, daß ich nicht Gelegenheit habe werde …"

„Nichts leichter als das – sollte Ihnen noch kein hübsches Gesicht aufgefallen sein? Und dann müssen Sie sich im Briefschreiben üben –"

„Mein Herr –"

„Sie wünschen?"

„Ihre Art, mit mir zu verkehren, ist so sonderbar!"

„In wiefern? Fühlen Sie sich durch etwas getroffen?"

„Mein Herr!"

„Nun, das könnte ja sein. Und in dem Falle würden Sie auch entdeckt habe, daß es Lagen giebt, in welchen plötzlich so etwas wie ein Beschützer auftaucht, den man nicht ungestraft herausfordern möchte. Im Uebrigen aber wünsche ich Ihnen eine recht gute Nacht; hier trennen sich unsere Wege. Schlafen Sie wohl, mein Herr Baron, und nehmen Sie meine besten Wünsche für die Fortsetzung Ihrer Sprachstudien!"

Der Andere zog verwirrt sein Mützchen mit dem blanken Schirm. Der Professor bog schnell in eine Querstraße und fing wieder lustig zu pfeifen an; in der fröhlichsten Stimmung gelangte er nach Hause.

Diesmal konnte er auch unmöglich so schnell an der Thür der alten Großmutter vorübergehen, ohne ihr guten Abend zu sagen, und dann spann sich das Gespräch mit ihr und Vater Gottlieb so sehr aus, daß er zur Würze desselben noch eine Flasche Wein herabholte und fröhlich sein Glas an das des alten Bergmanns klingen ließ. Es war nicht weit mehr von der Zeit entfernt, um welche die Alten ihr Lager aufzusuchen pflegten, als Jane in Begleitung der blassen Lehrersschwester und des strammen Conrad in's niedere Zimmer trat. Wie schön sie aussah mit den frisch gerötheten Wangen, wie ihre Augen leuchteten - vielleicht des Conrad's wegen, der dort wieder verlegen seine Kappe in der Hand hin und her drehte. Nein, das war ja nicht möglich, der Mensch konnte ihr nicht genügen; das wäre die biederschlichte Einfalt gewesen neben - ah, er athmete erleichtert auf, der Herr Professor Ehrenfried Winter, und brachte eigenhändig ein Glas Wein zu Conrad hinüber, stieß mit ihm an und sagte „Glück auf!"

Schullehrers Riekchen legte das Tuch nicht ab.

„Es war nur um durch die Luft zu kommen," sagte sie zur Großmutter, „der Bruder ist allein." Dann reichte sie dem Professor die hart gearbeitete Hand hin: „Kommen Sie auch wieder zu ihm? Er war so froh heute - und - er hat so wenig Frohes auf der Welt."

Ehrenfried nickte. „Ich komme sogar mit Büchern, und gefällt's ihm, lese ich ihm auch daraus."

„Wie gut Sie sind – Gott lohne es!" sagte das blasse Mädchen, während ihn ein Blick aus Jane's Augen traf, so voll, so warm, daß ihm war, als schlage sein Herz schneller davon. Er lächelte – das war doch eine Täuschung – „alter Ehrenfried"!

„Gute Nacht mit einander!" grüßte Riekchen.

Conrad schlürfte laut den letzten goldenen Weintropfen hinab und sagte verlegen:

„Ich bringe Dich hinnuter!"

„Nicht doch –" wehrte das Mädchen.

„Gewiß!" rief Jane's volle Stimme, „in der dunklen Nacht gehst Du nicht allein; schlaf wohl, Conrad!" und damit hatte sie das Paar hinausgeschoben. Mit einem Scherzwort wünschte Ehrenfried den beiden Alten eine angenehme Nacht, dann streckte er dem Mädchen seine Hand entgegen. Zum ersten Male legten sich ihre warmen Finger in dieselbe.

„Gute Nacht, Gratiana!"

Sie bewegte nur die Lippen und senkte die Augen. Er griff nach dem Leuchter und stieg treppauf; das Zimmer war kalt; dennoch öffnete er das Fenster und blickte zum besternten Himmel auf.

„Ich weiß es nicht warum, aber mir ist heute so leicht, so froh, vielleicht treibt diese frische Bergluft mir alle Grillen aus, und ich bringe als Errungenschaft aus dem Harzleben mit heim: ein fröhliches Herz."

Drunten öffnete sich nochmals die Hausthür, Jane trat heraus, um die kleinen Fensterläden zu schließen. Auch sie stand einige Secunden und sah zum Nachthimmel auf – was wird sie denken, wünschen? fragte sich Ehrenfried. War das nicht ein leiser Seufzer? Jetzt drückte sie die Läden an; die Schraube, welche drinnen Vater Gottlieb handhabte, kreischte, dann fiel die Thür zu, und der Schlüssel drehte sich in derselben.

„Gute Nacht, Gratiana!" flüsterte Ehrenfried und schloß sein Fenster. Wie er das Haupt wandte, streifte sein Blick Constanzens Bild.

„Ah – sie!" sagte er und hob den Leuchter, „sie ist nur noch ein Schatten in meiner Erinnerung; alle Farben verblassen." Näher tretend gewahrte er den Epheukranz und in demselben eine frische Rose.

„Gratiana – Du – Du glaubtest für mich ein liebes Bild zu kränzen, aber es ist Todtenschmuck geworden. Ich danke Dir dennoch, und wenn jene Blume dort verwelkt ist und ihre Blätter herabgefallen, wer weiß, was dann ist – ja dann!"

So glücklich hatte Ehrenfried Winter's Gesicht seit langen Wochen nicht gelächelt, wie jetzt.

Mit eben der guten Laune, in welcher er schlafen gegangen, erwachte der Professor auch am nächsten Morgen; draußen schien die Sonne freundlich; einige Spatzen zwitscherten an seinem Fenster – die Welt, die kleine hier auf der Bergeshöhe – war doch wunderschön. Vater Gottlieb brachte ihm den Kaffee, aber wortlos heute, gegen seine sonstige Gewohnheit; das machte ihn zwar aufsehen, doch er fragte nicht, und als der Alte mit einer Hast, die noch ungewohnter war, sein Zimmer verlassen hatte, flüsterte er:

„Der Wein ist ihm zu stark gewesen, und das trägt er mir nach." Er griff zu dem Zeitungspaket und der Pfeife, horchte aber dabei auf jedes Geräusch, das sich unten vernehmbar machte.

„Sonderbare Unruhe heute, ganz gegen alles Herkömmliche! Was ist nur? Und dort schlägt Vater Gottlieb die Thür zu? Müssen auch die Frauen entgelten, daß ihm der Rüdesheimer so gut geschmeckt? Nun kommt es hastig die Treppe herauf –" Die Zimmerthür wurde aufgerissen, und Jane erschien in derselben. Aber nicht die ruhige, selbstbewußte Jane – die schweren Flechten halb aufgelöst den Rücken herabhängend, im Unterrock aus Beiderwandstoff, wie ihn die Harzerinnen tragen, der nur bis zum Knöchel reicht, und einem Mieder, aus welchem die Hemdärmel bis zum Ellbogen herabhingen, ein Tuch lose um die Schultern geworfen mit hoch gerötheten Wangen, blitzenden Augen und fliegendem Athem – so stand sie da und streckte ihm beide Hände wie beschwörend entgegen: „Herr Professor, helfen Sie mir!"

Erschreckt sprang er empor, die Zeitungen auf den Boden werfend:

„Was ist?“

„Sie sind gut, edel; ich werde Sie nicht vergebens um Hülfe anflehen.“

Er schloß die Thür hinter der Aufgeregten und faßte ihre Hand, um sie nach einem Sessel zu führen, aber sie wiederstrebte ihm.

„Nein, nein, nicht früher, als bis ich Ihr Wort habe – wollen Sie mir helfen?“

Welche Leidenschaft in Ton, Blick und Bewegung – er würde sie nie bei dem sonst so stillen Mädchen gesucht haben.

„Gewiß, Gratiana, unter jeder Bedingung.“

Wie prüfend blickte sie ihm in’s Auge: „Es ist gut; ich habe Ihr Wort.“

Dann sank sie auf den Stuhl und bedeckte, wie um sich zu sammeln, das Antlitz mit beiden Händen; erregt und bleich stand Ehrenfried vor ihr; jede Frage, jeden Laut der Theilnahme zurückdrängend, um ihr Ruhe zu gönnen.

Endlich ließ sie die Hände sinken. „Nun kann ich reden, nun muß ich’s, damit Sie nicht denken, daß ich eine Wahnsinnige bin.“

„Gratiana!“

„O – das wäre keine Unmöglichkeit,“ sagte sie bitter. „Nein, sehen Sie mich nicht so entsetzt an – was ich von Ihnen will, ist Hülfe, Beistand gegen die beiden alten Leute dort unten.“

„Gratiana!“ sprach Ehrenfried und streichelte ihren dunklen Kopf, „beruhigen Sie sich erst. Was will man denn?“

„Es ist das erste Mal, daß Großmutter und Vater strenge mit mir sind und daß ich ungehorsam bin, sein muß.“ Dabei fiel eine Thräne auf die heiße Wange. „Meine Seele ist in Gefahr, mein ganzes Denken und Sein; es ist ein moralischer Mord!“

„Armes Mädchen, verlangt man von Ihnen, daß –“ er konnte nicht weiter reden.

„Ich soll heirathen.“

„Den Conrad?" setzte Ehrenfried hinzu.

„Ja! – Sie wußten es also?" fragte sie, und die Falte auf ihrer Stirn wurde düsterer, „Sie finden auch, daß ich dumm und albern bin, wenn ich mich dagegen sträube?" Sie sprang auf, aber er hielt sie mit beiden Händen fest und drückte sie auf ihren Sitz zurück:

„Thörichtes Mädchen, nein, nein; ich will es nicht, daß Sie den Conrad heirathen, denn –" Er stockte.

Sie glitt vom Stuhle herab und wollte seine Kniee umfassen; er zog sie empor, konnte aber nicht hindern, daß sich ihre rothen Lippen mit einer dankbaren Bewegung auf seine Hand preßten. Wie seltsam ihn die Berührung durchzuckte!

„Sie wollen es nicht?" Ein Freudenschein überflog dabei ihr Gesicht. „Nun sollen Sie Alles wissen."

„Ich wußte es längst, Gratiana; die Großmutter sprach davon – damals schon war mir der Gedanke unerträglich."

Sie nickte und sagte in ihrer alten Weise, ohne den Blick wieder zu erheben:

„Ich habe nichts geahnt, bis die Großmutter gestern Abend so seltsam sprach, mich schalt, daß ich den Conrad fortgesandt, und heute Morgen kündete mir der Vater an, daß er jetzt dem Conrad sein Jawort geben wolle. Wie ich ihn bat, mich sträubte! – nichts half – und Gründe meiner Weigerung verstehen sie nicht; nur der Herr Anton trage die Schuld, hieß es, der mir den Kopf mit unnützen Dingen angefüllt, daß ich mich nun überhöbe. Und ein für alle Mal dürfe ich, ich möge nun ja oder nein zu dem Conrad sagen, die Schwelle des Lehrers nicht mehr überschreiten. O, Sie wissen nicht," fügte sie leidenschaftlicher hinzu, „wie kindliche Dankbarkeit und der Trieb der Selbsterhaltung, der Herzensfreiheit in mir mit einander kämpfen."

„Der Herzensfreiheit," wiederholte Ehrenfried mit starker Betonung, „Gratiana, ist es der Gedanke der geistigen Unzusammengehörigkeit allein, der Sie den Conrad verwerfen läßt – ist Ihr Herz frei – lieben Sie nicht, haben Sie keinen Herzenstraum?"

„Traum?" sie fuhr über die Stirn und lächelte mühsam, „wer hat nicht Träume?"

„Seien Sie ehrlich, Gratiana!"

Die blauen Augen blickten ihn offen an: „Die Dichter besingen eine Liebe, so schön, so lockend, ich habe aber nie darüber nachgedacht – jetzt kenne ich die Bedeutung, jetzt, nachdem mir der Zwang entgegen getreten; wenn lieben in sich begreift, daß man für Jemand zu sterben bereit ist, daß man sein eigen Selbst gerne opfert, dann – ja, dann liebe ich."

Mit fliegedem Athem hatte sie die Worte herausgestoßen und war darauf zur Thür geeilt. Ehrenfried stand noch neben dem von ihr verlassenen Stuhl. „Also doch – doch!" flüsterte er halblaut und folgte ihr langsam.

„Ich habe kein Recht, nach den Geheimnissen Ihres Herzens zu forschen, Gratiana," sagte er milde; „aber Sie sollen in mir den Freund, den Bruder sehen."

Nochmals wollte sie ach demüthig auf seine Hand beugen, aber er zog sie schnell zurück.

„Ich gehe jetzt doch nach Zellerfeld," flüsterte sie.

„Und ich zur Großmutter," entgegnete er. „Muth und Vertrauen einstweilen!"

„Muth! Wie vielen Muth und welch inniges Vertrauen bricht die Welt oft!" sagte sie. Ein schmerzlicher Zug lag auf dem schönen Mädchengesicht: „aber ich will hoffen. Immerhin ist die Welt groß – aber was mich stets schmerzt, das ist der traurige Gedanke, daß Einer in der großen, weiten Welt elend und allein verderben kann."

Ehrenfried nahm ihr Haupt mit einer schnellen Bewegung in beide Hände und drückte einen Kuß auf ihre Stirn:

„Schwester Gratiana, Du bist nicht allein." Dann wandte er sich und ging zum Fenster. Als er dasselbe wieder verließ, hatte sich die Thür hinter ihr geschlossen. Er sah sehr ernst und bleich aus.

„Also doch," sagte er wie vorhin, „wenn sie wüßte, wie mich das traf! In demselben Augenblicke gewahrte ich ja erst, daß mein eigenes Herz wieder begonnen hatte, zu träumen. – Gratiana! Eine Welt voll Glück umschloß dieser Name für mich – und nun?" Er bückte sich, hob die Zeitungen empor, glättete sie und flüsterte dann:

„Sie liebt – vielleicht doch ihn? Gewiß sogar. Das Fremde, die gebrochene Sprache, der Titel endlich, das Alles hat sie geblendet – und es ist genug –! O Ehrefried, welch ein Thor Du warst! Wenn er nur ehrlich denkt! Wehe ihm, wenn's anders wäre! Es darf, soll nicht anders sein, ich werde wachen, und wehe ihm! Sie gab mir die Rechte eines Bruders und soll sie nicht in schlechte Hände gelegt haben. Und jetzt – zur Großmutter!"

Als er unten über die Schwelle getreten, gewahrte er gleich, daß sich die beiden alten Leute noch in großer Aufregung befanden. Großmutter saß zwar im Lehnstuhl, aber ohne die klappernden Nadeln zu rühren, nur ihre dürren Finger bewegten sich rastlos hin und her, und Gottlieb, der in voller Bergmannstracht steckte, wanderte auf und nieder.

Der Morgengruß wurde von Allen übergangen.

„Was sagt Ihr, was sagt Ihr nur?" rief die alte Frau Ehrenfried entgegen, und „Helft und rathet einmal!" der Gottlieb.

Der Professor schob, statt jeder Antwort, einen hochlehnigen Stuhl an Großmutters Seite und sagte dann kaltblütig: „Vor allen Dingen: Ihr sollt Euch Beide erst beruhigen."

„Da habt Ihr gut reden," sagte Gottlieb, „das kann ich mir selber sagen, ohne ein grundgelehrter Herr aus dem Lande zu sein. Aber ich will nicht ruhig sein; ich bestehe auf meinem Recht und will kein echter Harzer sein und nicht ehrlich da in dem Kittel gesteckt haben, wenn's mir nicht wird. Nach dem Superintendenten geh' ich und nach dem Gericht."

„Gemach, Gottlieb – in der ersten Hitze thut man keinen vernünftigen Schritt." Die Großmutter nickte dazu.

„Ach, was schwatzt Ihr! Ich brauche keinen Rath. Ein echter Mann verficht seine Sache selber; haltet Ihr mich etwa für keinen?" Jetzt bekam der Holzschemel der Großmutter einen Stoß.

„Gottlieb," sagte der Professor mit entschiedenem Tone, „tobt nicht, wie ein Tollhäusler! Das ist Eurer weißen Haare wenig würdig."

„Die hab' ich mit Ehren –" entgegnete er, gelassener werdend, „aber, Herr Professor, wenn Ihr das hättet erleben sollen: ein Kind, das Ihr gehegt und gepflegt habt, wie Euren Augapfel – das ist zu hart. Seht, da kam ich vom Begräbniß des Vetters herauf, der so alleine gelebt und gestorben; kein Kind und kein Kindeskind weinte an seinem Grabe; das ging mir an's Herz – so hätte ich nicht sterben mögen. Großmutter, sagte ich, die Jane ist jetzt im rechten Alter; sie soll heirathen; da erleben wir noch Freude, ich an den Enkeln, Du an den Großenkeln. Und da ist nun der Conrad, fleißig und rechtschaffen und ein strammer Kerl; einen besseren Sohn wünsch' ich mir gar nicht. Er sucht eine Frau und hat die Jane gern, und gestern Abend da legte mir der Wein das Herz auf die Zunge, und als Ihr fort waret, machte ich dem Mädchen Andeutungen, daß man den Liebhaber nicht mit einer Andern fortsendet. Erst wollte sie mich nicht verstehen; dann lachte sie und sagte, daß der Conrad die Rieke grad so möge, wie sie. – Ich ließ das gehen; ein Mädchen muß nie gleich mit beiden Händen zugreifen, sondern sich suchen lassen. Ich denke, das ist so Mädchenart. Heut' Morgen lief mir aber die Sache ernstlicher durch den Kopf; ich rief die Jane – und da erklärte sie denn rund 'raus, daß sie den Conrad nicht wolle, aber ein echter Harzer beugt seinen Kopf nicht – sollt ich's vor einem Weibsbild, das meine eigene Tochter ist?"

„Gottlieb," rief die Großmutter, „wenn sie nur nicht schon Jemanden anders gern hat!"

Der Professor sandte einen schnellen Blick hinüber nach der alten Frau – o Scharfsinn der Weiber! Wie aber, wenn die schlichten Leute entdeckten, mit wem das Mädchen vom Hause des Lehrers heim ging, wer ihr Briefe sandte?

Gottlieb schüttelte den Kopf.

„Nein, Mutter – wer sollte denn das sein? Der Wilhelm, der ist zu alt für sie, und der Heinrich, den mag sie gar nicht leiden. Der kleine Kaufmann, dem der neue Laden an der Ecke gehört, der wiegt ihr fast doppelt so viel zu, wie sie fordert – aber sie achtet nicht auf das, was er sagt. Nein da irrt Ihr Euch.“

„Ach was!“ meinte die Alte, „Mädchenherzen sind wie Schnee im Märzen‘, sagte schon meine Großmutter; wer weiß, was ihr plötzlich in den Sinn gekommen ist. Aber jetzt, Junge – Horch, da läutet’s zur Kirche – geh, Gottlieb! Wirst am schnellsten ruhig unter dem Gesang und der Predigt.“

„Guten Morgen, Ohm!“ rief eine frische Stimme in demselben Augenblicke, „ich wollte sehen, ob Du mitgehst, und zugleich sagen, daß ich eine Braut habe und zum Frühjahr Hochzeit mache.“

Mit einem Ruck sprang Gottlieb auf. „Conrad, das ist nicht möglich!“

„Doch, Ohm, gestern Abend hab ich mich versprochen – mit Lehrers Riekchen.“

„Lehrers Riekchen!“ sagten Mutter und Sohn in gleichem Tone des Staunens, und Vater Gottlieb setzte halb erstarrt hinzu: „Wie kam denn das?“

„Je nun, eigentlich hat die Jane Schuld daran. Ich wollte gern bald eine Frau haben, denn das Alter habe ich dazu ordentlich und fleißig sollte sie sein, und eine Sanfte hätte ich auch gerne gehabt, denn bei mir läuft’s oft quer über, und dann muß wer da sein, der Frieden macht. Wie wir nun gestern Abend heraufkamen von Zellerfeld, die Jane und Riekchen und ich, da meinte Jane, die immer so klug spricht: ‚Sieh mal, Conrad, Du gehst immer mit Riekchen im gleichen Schritt, das paßt zusammen, als ob Ihr ein Paar werden solltet. Ich hüpfe voraus oder komme nicht mit, aber Ihr – das ist ein Tact! Wenn das nur nichts zu bedeuten hat!‘ dabei lachte sie. ‚Was soll es bedeuten?‘ fragte ich und sah die Rieke an. Die wurde roth und schlug die Augen nieder. Wenn Mädchen roth werden, so hat das auch was zu bedeuten; das weiß man ja. Nun lobte mir die Jane den ganzen Weg, wie fleißig Rieke ist, daß mir dabei das Herz warm wurde. Und als ich hinunter geh’ – na, da ist es denn gekommen, Ohm, wie damals, als Du Deiner seligen Frau gesagt hast, daß Du sie leiden möchtest –“

„Glück auf! Glück auf!" rief der Professor, der von Conrad noch gar nicht bemerkt worden war; er fuhr so hastig hinter dem Ofen hervor und auf den jungen Mann zu, um seine Hände zu fasseu und zu schütteln, daß dieser vor Erstaunen über die Verlegenheit hinweg kam.

Vater Gottlieb streckte ihm etwas langsamer seine Rechte entgegen. „Die Rieke ist fleißig und sittsam, und Du wirst gut mit ihr fahren, aber ich dachte eigentlich – nun ist es doch zu spät – Du hättest um Jane gefreit."

„Um Jane?" wiederholte Conrad, und sein Gesicht erglühte wie Purpur, „aber Ohm, daran habe ich nie gedacht; die ist mir viel zu gescheidt."

„Alle bösen Wetter! Zu gescheidt, ein schlichtes Bergmannsmädchen einem Bergmann – hol der Kukuk die Gelehrsamkeit – mit Respect zu sagen, Herr Professor, Sie dürfen das nicht für ungut nehmen. Der Lehrer, ja, ja – also Du hast nie daran gedacht, daß die Jane –"

„Nie, Ohm!"

„So – nun! Jetzt läutet es wieder zur Kirche – jetzt können wir gehen. Nichts für ungut genommen, Herr Professor, von mir altem Brausekopf!"

„Nein, Vater Gottlieb."

Die beiden Männer schritten hinaus; die Großmutter faltete die Hände.

„Die arme Jane," flüsterte sie, „so viel Herzeleid und Angst, und der Conrad hat sie nicht einmal gewollt – wie man sich doch irren kann! Ja, ja, Herr Professor, man wird alt."

Ehrenfried dachte mit einem Gefühl der Beschämung, daß er doch nun gar nichts für Gratiana gethan; das ärgerte ihn. Er trat zu der alten Frau und ließ sich von ihr die Kirchgänger nennen, die an den Fenstern vorüber wanderten. Da hörte er plötzlich die Hinterthür leise knarren, Schritte über den Flur klingen – und dann war Gratiana neben der Großmutter. Sie trug ein schwarzes Sonntagsgewand, die schönen Haare wie immer geordnet. „Herr

Professor – Großmutter, der Conrad – o, Großmutter, es ist Alles, Alles wieder gut," rief sie vor Freude strahlend.

Dann schluchzte sie auf und barg das thränenüberströmte Antlitz im Schooß der alten Frau.

Gegen Abend saß der Professor an des Lehrers Seite in der kleinen traulichen Stube zu Zellerfeld. Er wollte sich zerstreuen und doch zugleich von Jane sprechen hören – so ging er zum kranken Lehrer. Sie hatten eine lange wissenschaftliche Unterhaltung; dann lenkte Ehrenfried selber das Gespräch auf das Mädchen.

Ruhig und gefaßt, so erzählte Anton, sei sie zu ihm gekommen, im festen Vertrauen auf des Professors Beistand noch ehe sie dann aber vollendet, habe das Riekchen ihr die Freudenbotschaft gebracht, daß sie Conrad's Braut sei. Da seien die Wolken von ihrer Stirn wie Nebel an der Sonne verflogen, sie sei dem Riekchen mit Freudenthränen um den Hals gefallen und habe sich gar nicht zu fassen gewußt.

„Ja," setzte der Lehrer dann mit ernstem Gesichte hinzu, „diesmal ist es wie eine schützende Macht gewesen – aber wenn Vater Gottlieb mit einem andern Freier hervortrat, wie dann? Ich denke seit heute früh über ihre Zukunft nach. Sehen Sie, Herr Professor, ich will ehrlich sein – einen Augenblick habe ich gemeint, wenn ich zu dem alten Gottlieb ginge und mit ihm redete und ihm Alles vorstellte, wie's kommen würde, kommen müßte – und dann sagte, ‚Gottlieb, vertraut sie mir!'" – seine trotz der Krankheit edel gebliebenen Züge sahen wunderbar verschönt bei diesen Worten aus. „Ich habe es erwogen – auch das wäre eine Sünde; das hieße das blühende Leben an den Verfall fesseln – ich hätte sie gehalten, wie ein Vater sein Kind, wie eine Schwester, wie einen guten Cameraden – aber es wäre doch immer eine Sünde gewesen, beinahe so schlimm, als sei sie des Conrad's Frau geworden. Seht, der ist ein braver Bursch und meine Schwester wird mit ihm glücklich sein, weil sie nicht über das hinausdenkt, was sie im Hause angeht. Ach, die Jane hätte nie meine Schülerin werden sollen – es wäre für mich ein Verlust, für sie aber vielleicht das gewesen, was die Menschen Glück nennen – im gewöhnlichen Sinne."

„Haben Sie nie" – der Professor brachte die Frage nur mühsam heraus – „wahrgenommen, daß sich das Mädchen für irgend Jemand – interessirt – glauben Sie nicht, daß unter den Akademikern –"

„Nein, nein!" wehrte der Lehrer. „Sie ist zu verständig; ich hätte auch jede Seelenregung bemerkt; sie ist für mich ein offenes Buch. Sinniger ist sie schon lange – aber nein! Sie kennt nur Einen, den Baron, der sie hier gesehen – und das wäre unmöglich."

„Sie sind vielleicht eine zu arglose Natur, Herr Anton –" er brach ab, denn eben trat Jemand in's Gemach.

„Ah, Jane," unterbrach ihn der Lehrer und rückte den grünen Schirm etwas höher, „wie froh Dein Gesicht jetzt ist! Darauf liegt ja lauter Sonnenschein – so sollte sich ein Mädchen gar nicht freuen, wenn ein anderes unter die Haube kommt."

„Guten Tag, Gratiana!" sagte Ehrenfried und hielt ihr seine Hand hin. Sie legte flüchtig ihre Finger hinein, sah ihn aber gar nicht an. „Was denken Sie von dem überflüssigen Bundesgenossen? Ist er Ihrer Beachtung nicht mehr würdig?"

„Herr Professor," entgegnete sie ernst, „ich wußte genau, was ich that, als ich zu Ihnen kam und um Ihre Hülfe bat."

Er hielt ihre Hand noch immer fest. „Aber haben Sie denn vergessen, daß ich fortan der Bruder Gratiana's bin?"

Sie befreite ihre Hand und lächelte: „O nein!" aber in dem Lächeln wie in dem Tone lag etwas Wehmüthiges. „Wie lange werde ich den Bruder haben? Bis der Schnee kommt? Das kann morgen, ja noch diese Nacht sein."

„Halten Sie so wenig vom Manneswort? Wohin mich auch das Schicksal verschlagen mag, ich vergesse Schwester Gratiana nicht."

Er sagte das so leidenschaftlich betheuernd, daß der Lehrer ganz erstaunt sein Haupt hob. Jane athmete etwas hastig; sie schien sprechen zu wollen, kniff dann aber wie trotzig den Mund zusammen und blickte auf ein Buch nieder.

„Sie sollten Jane's Gedichte sehen, Herr Professor," sagte der Lehrer plötzlich.

„Nein, nein!" rief Jane und sprang auf, „niemals!"

„Warum nicht? Sie hat eine Leichtigkeit im Gebrauche des Reimes und der Versmaße, die auch Sie erfreuen würde."

„Nein, nein," wiederholte das Mädchen beinahe geängstigt. „Jetzt gehe ich auch."

„Darf ich Sie begleiten?" fragte Ehrenfried.

Sie zögerte mit der Antwort und sagte endlich leise: „Ja, wenn Sie Herrn Anton nicht länger Gesellschaft leisten mögen."

„O bitte," wehrte der Lehrer, „es ist Sonntags auch nicht gut allein gehen."

Der Professor war über die halb beklommene Art, mit welcher Jane seine Begleitung annahm, wieder mißtrauisch geworden. Ob sie den Baron erwartet hatte?

Draußen sagte er zu ihr: „Wie sonderbar Sie sind, Gratiana: in einer Schicksalsfrage baten Sie mich einzuschreiten – Ihre Poesien verweigern Sie mir."

„Weil – Sie spotten würden."

„Ah, Sie habe keine gute Meinung von mir?"

„Ich wiederhole, was ich drinnen gesagt."

„Also doch Vertrauen! Ja, Sie haben's mir bewiesen. Geben Sie's mir überall und ganz? Soll ich wissen – wer – Ihr Herz besitzt? Vielleicht, daß meine Hülfe Schwierigkeiten beseitigen könnte …"

Sie trat einige Schritte zurück. „Reden Sie nicht weiter! Es kann nie – niemals sein."

„Es ist gut, Gratiana, was auch Ihr Grund sein mag – ich will ihm stillschweigend beistimmen. Gehen wir!"

Er fühlte, daß das schöne Mädchen an seiner Seite sehr erregt war; ihre schnellen Athemzüge verriethen sie, so sehr sie sich auch beherrschen wollte. Sie wechselten kein Wort weiter; jedes war mit seinen eigenen Gedanken beschäftigt. Plötzlich aber stutzten sie

Beide; aus einer Nebenstraße trat ihnen Jemand in den Weg – der junge belgische Baron.

„Guten Abend!" stieß er kurz heraus und setzte dann in französischer Sprache hinzu: „Herr Professor, ich wünsche Sie einige Minuten zu sprechen."

„Wollen Sie sich nicht des Deutschen bedienen?" gab der Professor zurück, „die Dame hier versteht nicht Französisch."

„Wie Sie wünschen – es ist kurz, was ich Ihnen zu sagen habe, mein Herr. Sie unterschlugen einen Brief von mir – der – nun der, wie Sie wissen, hier an Fräulein Jeanne gerichtet war?"

„Ich unterschlug ihn – woher wissen Sie das so genau, mein Herr Baron?"

„Der Knabe behauptet, ihn an Sie abgegeben zu haben. Fräulein Jeanne hat mir nicht geantwortet. Ihre sonderbaren Redensarten neulich …"

„Waren Sie so fest überzeugt, daß Sie überhaupt eine Antwort erhalten würden?" fragte Ehrenfried ruhig zurück.

„Mein Herr!" brauste der Akademiker auf, „diese Frage steht Ihnen ebenso wenig an, als es eines Mannes würdig ist, Briefe zu unterschlagen. Sie werden mir dafür Satisfaction geben – oder –"

„Oder Sie mir," entgegnete Ehrenfried gleich kalt, indem er Jane's Arm in den seinigen legte, „für die Art und Weise, in welcher Sie einer Dame nachstellten, die unter meinem Schutze steht. Merken Sie wohl, unter dem Schutze eines Ehrenmannes – und nun, gute Nacht, mein Herr Baron! Zu geeigneter Zeit will ich Ihnen Rede stehen – hier nicht!"

Der junge Akademiker stieß eine Verwünschung aus.

„Sie behandeln mich wie einen Knaben – ich aber sage Ihnen, daß ich meine Satisfaction holen werde, wo immer ich Sie treffe, daß ich Ihnen folge, bis –"

„Gute Nacht!" sagte Ehrensried's volle Stimme, und unbekümmert um den Zorn des jungen Mannes führte er das Mädchen davon. Jane war es zuerst, die das Schweigen brach.

„Er wollte Sie nicht kränken; er kam – aus dem Wirthshause. Sie zechen stark, die jungen Leute."

Sie suchte ihn jetzt zu vertheidigen, obwohl sie vorhin mit richtigem Tact keine Silbe geäußert hatte.

Als sie vor dem Hause angelangt waren, faßte sie nach seiner Hand:

„Wollen Sie mir versprechen, daß – daß Sie nicht muthwillig Ihr Leben auf's Spiel setzen werden?"

„Schlafen Sie ruhig, Schwester Gratiana! ihm wie mir wird nichts geschehen. Gute Nacht!" –

An nächsten Morgen stand der Professor mit Vater Gottlieb zum Ausgehen gerüstet vor dem Hause.

„'S wird Euch Freude machen, Herr Professor," sagte der Bergmann, „und ist schon fast eine Sünde, daß Ihr nicht früher in den Gruben waret."

„Ja," versetzte Ehrenfried, „wer weiß, wie bald ich überdies Eurem stillen Hause Lebewohl sage muß – ich will das Versäumte nachholen und gleich heute beginnen."

Der Bergmann schnippte mit den Fingern.

„Ach, die Weibsleute! Gestern Morgen war meine alte Mutter so fuchtig und wild, wie eine echte Harzfrau. Und heute? Da ist Alles umgewandelt. Sitzt sie auf der Ofenbank mit dem Mädchen und herzt und streichelt es, wie eine junge Maikatze. Und die Jane erst! Die ist so wunderlich, macht ein paar traurige Augen und weint, daß es einen Erzblock rühren könnte. Als ich fort ging, rief sie mir nach, ich solle doch auf Euch Acht geben, daß kein Unglück geschähe, und lieber nicht leiden, daß Ihr einführet. Sie hätte eine große Herzensangst. Seht, das Mädchen verehrt Euch sehr – aber mit der Furcht vorm Einfahren, das ist nur dummes Weibergethue."

Ehrenfried zauste an seinem Barte.

„Wir gehen nun erst nach dem nächstliegenden Stollen," sagte Gottlieb nach einer Weile. „Seht drüben, das ist schon das Zechenhaus; dort versammelt man sich zum Gebet vor'm

Einfahren; der Eine betet vor. Man braucht's, daß man sich dem großen Bergmanne empfiehlt, ehe man hinab geht in die Erde. Da –" sie waren bei einem andern Hause angekommen, und er stieß den Brettereingang auf – „da sind die Bahren und Werkzeuge für Unglücksfälle – seht, auch zwei Särge. Ja, das ist eine Nothwendigkeit – ‚heute der, morgen ich', können wir oft sagen. Aber man denkt: wie Gott will. Einen frommen Sinn muß der Bergmann haben, sonst hält's nicht mit dem Handwerk; die neue Zeit will wenig davon wissen, das ist aber auch das Verderben."

Von dem Holzbau, der die Einfahrt zum Stollen bedeckte, klang das gläserne Glöckchen mit seinem eintönigen „Bimbim" – dem Sicherheitszeichen. Die Räder drehten sich; die Seile ächzten; die „Kunst", wie der Bergmann das Getriebe nennt, war im Gange. Gerade förderte dieselbe einen Kasten mit Material aus dem Schachte empor und drüben, aus der engen Oeffnung der Einfahrt, hob sich, von dem flimmernden Lichte am Gürtel beleuchtet, die Gestalt eines Bergmannes.

„Glück auf!" sagte er, dem Tageslichte das bleiche Antlitz wieder zuwendend.

„Glück auf, Glück auf!" tönte es nach ihm noch aus mehreren Kehlen, und hinter einander stiegen die fleißigen Männer aus dem Schachte empor, wo es von dem Räder- und Trittwerke knarrte, rollte, ächzte, und wo das unerfahrene Auge nichts sah, als die schwarze, unheimlich feuchte Tiefe, in der sich die Leitern neben einander hin und her bewegten. Andere rüsteten sich zur Einfahrt.

„Glück auf!" sagen sie den Begegnenden, die nach gethaner Arbeit zum Tage aufstreben.

„Es gehe Euch wohl!" ist der Wunsch, mit welchem Jene die begleiten, die erst zu hartem Werke hinuntersteigen.

Nachdem sie eine Weile vor der Oeffnung des Schachtes gestanden, führte Vater Gottlieb ihn in das Zimmer, wo der „Schützer" saß, jener Mann, in dessen Händen eigentlich das Wohl und Wehe aller Ein- und Ausfahrenden liegt. Aus einer vor ihm stehenden Scheibe, welche durch einen sinnreichen Mechanismus den Gang der Kunst zeigt, sieht er, ob Alles in Richtigkeit, ob nicht die geringste Störung eintritt, die Gefahr und Unglück bringen kann.

Dann brachte man dem Professor einen Bergmannsanzug, – denn nur in solchem ist die Einfahrt gestattet – und der Steiger kam heran, der ihm vorsteigen, ihn geleiten sollte.

Ehrenfried sah prächtig aus in der malerischen Gewandung.

„Wie ein echter Bergmann," behauptete Vater Gottlieb. „Es ist ein wahrer Jammer, daß Euch die Jane nicht sieht – und erst die Großmutter, was würde die sagen!"

Er hängte seinem Hausgenossen das Lämpchen in den Gürtel und sagte: „Seid vorsichtig, Herr! Und nun: ‚Es gehe Euch wohl!‘"

Ehrenfried folgte dem voranschreitenden Steiger – da wurden sie plötzlich durch das schnelle Herantreten eines Fremden am Einfahren gehindert.

Es war der Baron, welcher, seine Mütze lüftend, zu dem Professor in seiner Muttersprache sagte:

„Sie versprachen mir eine Erklärung Ihrer Handlungsweise – bitte – ich bin in der Lage, dieselbe sofort verlangen zu müssen. Ihr Benehmen in Gegenwart Jeanne's zwingt mich, alle Rücksicht bei Seite zu setzen."

Der Professor erwiderte seinen Gruß höflich und antwortete in derselben Sprache:

„Sie sehen mich bereit, einzufahren – sobald ich zurückkomme, stehe ich zu Ihren Diensten!"

„Ah – Sie wollen auf's Neue ausweichen?"

„Nein, Ihnen nur Zeit geben, zu überlegen, wie man einem Manne begegnet."

Baron Negris knirschte mit den Zähnen. „Ich bin ein Edelmann und habe mir gelobt, Revanche für meinen zerrissenen Brief zu haben. Ich folge Ihnen so lange, bis Sie mir dieselbe zugestanden – auch dort hinein!"

„Wie Sie wünschen – also auf Wiedersehen!" Dann bat der Professor seinen Führer zu beginnen, und sie fuhren ein. Die

Grubenlichter wurden kleiner und kleiner. Noch ehe sie ganz verschwunden waren, kam der junge Akademiker in Bergmannstracht mit einem anderen Steiger und bestieg die Leiter. Sein Kopf war noch über der Oeffnung, als Jane plötzlich in den Ueberbau stürzte, sich verstört, mit wilden Augen umschaute und dann auf den Vater zueilte.

„Um aller Barmherzigkeit willen – sind sie Beide hinab?" rief sie ihm entgegen – „Beide – o Vater, welch ein Unglück!"

„Kind – was redest Du da?" fragte der Alte.

Sie rang die Hände und starrte ihn mit dem Ausdruck der Verzweiflung an. „Nun ist es zu spät; sie morden einander dort unten, der Professor und der Baron – o, meine Ahnung!"

„Jane, mein Kind, komm zu Dir – was in aller Welt –? ich verstehe Dich nicht."

Sie kniete an dem Rande des Schachtes nieder.

„Still!" sagte sie und lauschte.

Ein langgezogener, schrecklicher Schrei aus der Tiefe – ein anderer, herzzerreißender aus Jane's Munde – dann brach sie ohnmächtig zusammen. Gottlieb schob sie zur Seite; ihr bleiches Haupt lag auf einer Anhäufung von Sprengsand; „Gerechter Himmel!" flüsterte er mit bebenden Lippen, „es hat ein Unglück gegeben."

Zeichen aus der Tiefe. Was oben seinen Posten verlassen konnte, stürzte nach dem Schacht. Aengstliche Gesichter, halblaute Fragen – am Getriebe war nichts passirt; es war also eine Unachtsamkeit der Einfahrenden gewesen.

Die Secunden wurden so lang wie Stunden.

„Da kommt's," rief eine Stimme. Schwacher Lichtschimmer zeigte sich, hüben und drüben, und kam höher und höher.

Jetzt kamen die Aufsteigenden nahe – jetzt hob sich der erste Kopf – kein „Glück auf" grüßte ihn; auf allen Lippen schwebte die bange Frage „Wer? Was?"

Der erste Steiger trat heraus; dann zeigte sich des Professors Haupt; Gottlieb streckte ihm wortlos die Hand entgegen.

„Der Akademiker muß unvorsichtig gewesen sein," sagte der Steiger, „er liegt unten beim ersten Absatz, wird den Arm gebrochen haben; wär's früher oder später passirt, daß er den Griff fehlte, so war's sein Tod. Hat nicht einmal die Besinnnug verloren – wollte nur meinen Herrn erst sicher hinauf schaffen." Und er begann auf's Neue dem Dunkel entgegen zu steigen.

Ehrenfried wurde von Gottlieb zu Jane geführt:

„Seht, sie rührt sich noch nicht."

Ehrenfried kniete an ihrer Seite nieder, richtete ihr Haupt langsam empor und lehnte es gegen seine Brust.

„Jane," flüsterte er zärtlich, „Jane, hören Sie mich! Es ist nicht so grausam: er lebt."

Als habe seine Stimme Macht über sie, öffnete sie die Augen und sah ihn groß an. Dann fuhr sie mit der Hand, als müsse sie ihre Besinnung zurückrufen, über die Stirn:

„Noch einmal das liebe Gesicht!" sagte sie langsam, wie im Traum – „und drunten liegt es zerschmettert." Sie barg das Antlitz, zusammenschaudernd, in den Händen.

„Jane," rief er, dieselben zurückziehend, „Jane!" Da stieß sie einen Freudenlaut aus und faßte nach dem Herzen.

„Er lebt – o, dem Himmel sei Dank!"

„Jane" – er konnte es nicht so schnell fassen, daß ihm ihre Angst, ihr Schmerz gegolten – „Jane – Sie weinten um mich?"

„Ich weinte nicht," sagte sie seltsam ruhig, „aber ich wußte, daß ich gestorben wäre, wenn die dunkle Erde Sie behalten hätte."

Jetzt hielt er sich nicht länger; seine Arme umfaßten sie und zogen sie fest, fest an sein wildschlagendes Herz:

„Jane, so liebst Du mich? So bist Du mein – mein Weib!"

Sie richtete sich auf, ihr Gesicht sah wie verklärt aus:

„Ich wollte es nie und nimmer gestehen – nun mag's drum sein. Braucht man sich zu schämen, wenn man das Hochstehende, das Gewaltige verehrt? Mögen sie es Alle wissen, damit sie nicht wieder wagen wollen, den Altar zu stürzen, auf dem Ihr Bild steht!"

Sie trat von ihm zurück und faßte Gottlieb's Hand:

„Sieh Vater, um den Mann da, der herb und kurz mit mir war und vor dem ich mich doch beugen mußte, wie vor einer Gottheit, habe ich den Conrad verschmäht, und jetzt erkläre ich, daß ich nie –"

„Halt ein!" rief Ehrenfried's jauchzende Stimme, „nicht weiter, Gratiana! Sprich kein Gelübde aus, das Du nicht halten darfst, weil Du mein bist! Vater Gottlieb, Ihr wolltet einen Bergmann zum Sohne – da steht ein solcher vor Euch – wollt Ihr mich?"

„Dein Weib?" flüsterte das Mädchen, während Gottlieb stumm auf die Beiden blickte, „nein, Deine Magd!" aber wieder konnte sie nicht ausreden, denn Ehrenfried hatte sie auf's Neue an seine Brust gezogen.

Der alte Gottlieb nahm seine Mütze ab und setzte sie wieder auf; endlich fragte er schüchtern die Umstehenden:

„Ist denn das wirklicher Ernst – und der da will mein Schwiegersohn werden? Leibhaftig, wie er da ist? Und gestern habe ich noch behauptet, daß kein Professor sie würde zum Weib haben wollen. Die Welt ist curios, aber da ist meine Hand – ,Glück auf, Glück auf' – viel Worte mache ich nicht, das wißt Ihr."

Der Baron Negris wurde an der Gruppe vorübergeführt.

„Komm', Jane!" sagte Ehrenfried und folgte mit ihr dem kleinen Zuge, der nach dem Zimmer des Schützers ging.

Dort ließ man den Beschädigten bis zur Ankunft des Arztes ausruhen. Gratiana am Arm, trat der Professor zu ihm heran und nahm die gesunde Hand in die seine.

„Ich bedaure Ihren Unfall von ganzem Herzen – vielleicht trug die Aufregung, in welcher Sie sich befanden, mit Schuld an demselben, was ich besonders beklage. Dennoch konnte ich Ihnen vor der Einfahrt noch nicht sagen, was ich jetzt thue: ‚Hier ist meine Braut‘; sie trägt diesen Namen erst seit wenigen Minuten.“

Eine peinliche Verlegenheit malte sich in den Zügen des jungen Mannes.

„Ah, das ahnte ich nicht –“

„Aber,“ fiel ihm Ehrenfried in’s Wort, „Sie erklären sich doch wohl daraus mein Benehmen. Ich bekenne ganz offen, daß etwas Eifersucht –“

„Ich habe um Verzeihung zu bitten – Sie und Fräulein Jeanne,“ fuhr der Akademiker fort.

Das Mädchen legte ihre Finger in seine ausgestreckte Hand; der Baron berührte sie mit einem ehrfurchtsvollen Kusse, und dann verließ Ehrenfried mit Jane das Gemach.

„Was nur die Großmutter, der Conrad und der Lehrer sagen werden?“ fragte Gottlieb, welcher hinter dem Paare drein schritt. „Am Ende ist das Bücherlesen doch nichts so Unrechtes gewesen, denn schwatzen hat sie dadurch gelernt – nein, was die Alle nur sagen werden?!“

Weder Ehrenfried noch Gratiana hatten eine Antwort; sie gingen stumm neben einander; nur dann und wann trafen sich ihre Blicke, und die sagten mehr, als Worte vermocht hätten.

Der Schnee lag so hoch im December, daß man vor den niedern Bergmannshäusern förmliche Gänge aufschaufeln mußte. Vor den Fenstern bildete sich dadurch eine Art weißer Mauer. Auch für den heutigen kleinen Brautzug war über den Marktplatz hin ein besonderer Weg gemacht worden, und Kinder hatten in das frische Weiß Tannengrün und einige bunte Blumenblätter gestreut, die jetzt die Füße der aus der Kirche strömenden Neugierigen vollends zertraten. Darüber aber war nur eine Stimme in dem Publicum, bei Männern wie Frauen, daß man noch nie solch rührender Trauung beigewohnt habe. Und obgleich die Gottlieb’s „Jane“ eine so vornehme Heirath gemacht, war Alles einfach gewesen, wie bei jeder Bergmannshochzeit; sie hatte sich gar nicht überhoben – das mußte die böseste unter allen scharfen Harzzungen anerkennen.

Unten in Großmutters Stübchen versammelte sich die kleine Gesellschaft beim Hochzeitsmahle; es waren lauter glückliche Gesichter, die auf das junge Ehepaar blickten, selbst die Großmutter, in deren Herzen schon das Abschiedsweh lauerte, sah heiter aus. Herr Anton führte das größte Wort am kleinen Tische; Vater Gottlieb schwieg vor solch wohlgesetzten Reden; Conrad war roth vor Verlegenheit und drückte nur dann und wann seiner Braut, die das Liebesglück wunderbar verschönt hatte, die Hand, und Baron Negris, dessen Arm aus der Schlinge befreit war und welcher der Braut einen weißen Camelienstrauß aus der Residenz geschenkt hatte, stieß sehr häufig mit dem Brautvater an.

„Euch würde ich schon in's Haus nehmen," flüsterte ihm Großmutter zu, „da oben in die Professorstube – aber das Haus muß leer bleiben, denn im Sommer kommen die Kinder hierher; sehet, daran muß ich doch denken."

Herr Anton hatte zur Feier des Tages den grünen Augenschirm abgelegt und sah in der blauen Brille recht vornehmfeierlich aus. Jetzt stand er auf und hielt eine Rede.

„Auch heute," sagte er, „selbst ehe wir des Ehepaares Gesundheit trinken, müssen wir unseres alten Spruches gedenken:

,Es grüne die Tanne, es wachse das Erz, Gott schenke uns Allen ein fröhliches Herz!'

Der Harzspruch hat sich wunderbar an dem jungen Gatten erfüllt – er weiß es am besten – er kam weltmüde und traurig und geht mit ,fröhlichem Herzen'. Stoßt an: ,Gott schenke uns Allen ein fröhliches Herz!'"

Dieser Probe von Herrn Anton's Rednergabe folgten noch viele andere, und es wurde immer lustiger in dem kleinen Kreise. Plötzlich kam die Großmutter feierlich zu der jungen Frau heran.

„Sieh, Jane, ich lasse Dich auch fröhlichen Herzens ziehen, so schwer mir der Abschied schon wird, aber – na, das Bild, das wir für Ehrenfried's Liebste hielten, das hänge ich, da er's mir einmal

geschenkt hat, hier unten auf, und dabei denke ich jeden Tag an
Dich. Was ich hier bringe, das hab' ich absichtlich bewahrt – seit
langen Jahren. Das sind die ersten Kinderschuhe, die Du selber
gestrickt hast und die ich nicht verkaufen wollte – heb' sie auf,
Kind!" Und eine Thräne im Auge ging sie davon.